世界少年经典文学丛书

地心游

[法]凡尔纳　著
吴朝华　编译

中国出版集团　现代出版社

图书在版编目(CIP)数据

地心游记／（法）凡尔纳（Verne,J.）著；吴朝华编译. —北京：现代出版社，2013.2 （2025.1重印）

ISBN 978－7－5143－1295－9

Ⅰ. ①地… Ⅱ. ①凡… ②吴… Ⅲ. ①科学幻想小说－法国－近代－缩写 Ⅳ. ①I565.44

中国版本图书馆CIP数据核字（2013）第021779号

作　　者	凡尔纳
责任编辑	李　鹏
出版发行	现代出版社
通讯地址	北京市安定门外安华里504号
邮政编码	100011
电　　话	010－64267325　64245264(传真)
网　　址	www.xdcbs.com
电子邮箱	xiandai@cnpitc.com.cn
印　　刷	三河市嵩川印刷有限公司
开　　本	700mm×1000mm　1/16
印　　张	9
版　　次	2013年2月第1版　2025年1月第4次印刷
书　　号	ISBN 978－7－5143－1295－9
定　　价	39.80元

序　言

孩子是未来的希望，是父母心中的天使，是充满快乐的精灵。小学阶段更是孩子最快乐的时光，是孩子成长发育的黄金阶段。为了让孩子学习更多的课外知识，享受更加丰富的学习乐趣，我们策划了本丛书！

从小让孩子多读课外书，对培养孩子健康的心态和正确的人生观无疑将起着非常重要的作用。自《语文课程标准》公布以来，不少富有敬业精神、有才干的教师，在他们的教学中，担当起阅读教育的重担。他们在严谨的选材中，利用丰富的文学资源，向学生推荐了大量优秀的课外读物，实施了以“练成阅读和作文的熟练技能”为重要内容的阅读教育。大千世界充满了丰富的知识。阅读能丰富小学生的语文知识，增强阅读能力，提高写作水平，开阔视野，增长智慧。阅读本丛书，能够使孩子享受到阅读的快乐，激发起更浓厚的阅读兴趣，孩子的生活将充满新的活力与幸福！本丛书精选了世界名著和中国经典书目中流传最广、影响最大、最脍炙人口的作品，是培养小学生理解能力、记忆能力、创造能力的最佳课外读物。

最后需要指出的是，本丛书把世界上流传甚广的经典童话、寓言等也尽收其中，并将这些文学作品重新编写审订，使作品在不影响原著的基础上更适合少年儿童阅读，在丰富他们课余生活的同时提高语言和文字表达能力。本丛书通过科学简明的体例、丰富精美的图片等有机结合，使小读者不仅能直观地领略作品的精髓，而且还能获得更为广阔的文化视野和愉快体验。希望本丛书能成为孩子生活的一缕阳光照亮孩子前进的道路，能成为一丝雨露滋润孩子纯净的心灵。

编　者

目　录

李登布洛克教授

1863年5月24日，星期日，我的叔叔，李登布洛克教授，匆匆忙忙地赶回自己住的小房子。房子位于科尼斯街19号，那是汉堡旧城区里的一条最古老的街道。

女仆玛尔塔刚刚把饭菜放在炉子上，嗞嗞作响，她还以为自己耽误了做饭。

“这下可好，叔叔是个最性急的人，说饿就饿，饭菜马上就得端上来，否则一定会大声嚷嚷。”我心想。

“李登布洛克先生今天这么早就回来了!”女仆玛尔塔轻轻推开餐厅的门，惊慌失措地对着我说道。

“是回来得早了些，玛尔塔，不过午饭没做好不能怪你，现在连两点还没到。圣-米歇尔教堂的钟刚敲了一点半。”我回答她道。

“可为什么李登布洛克教授这么早就回来了呢?”

“也许他自己会告诉我们原因的。”

“他来了！我得赶紧走开了。阿克赛尔先生，请您跟他解释一下吧。”

说完，玛尔塔便回到厨房里去了。

我留在了餐厅里。可是，教授的脾气最为暴躁，而我又优柔寡断，这是我力所不能及的。于是，我便打算小心翼翼地溜回楼上我的小房间里去，这时，大门突然被推开来，沉重的脚步声在楼梯上咯噔咯噔地响。这幢房子的主人穿过餐厅，径直冲进了自己的书房。

在穿过餐厅的时候，他把自己那圆头手杖扔在了屋角，又把他的翻毛宽边帽子扔到了桌上，又向他的侄子大声喊道：

“阿克赛尔，跟我来!”

我正要跟过去，只听见教授已经不耐烦地又冲我喊了起来：

“怎么了？你还不过来！”

我赶忙奔进了我那位令人望而生畏的主人的书房。

奥托·李登布洛克其实不是一个坏人，这一点我心知肚明。但是，说真的，除非发生什么奇迹，否则他这一辈子都将是个可怕的怪人。

他是约翰大学的教授，讲授矿物学。他每次讲课的时候，他总是发那么一两次火。他并不关心自己的学生是否都来上课，是否认真听讲，也不关心他们是否将来会有所成就。说实在的，这些细节他全然不放在心上。用德国哲学家的术语来说，他这是在“主观地”讲课，是在为自己讲课，而不是在为别人。他是一个自私的学者，是一口知识的深井，但想从这口深井里打上水来，那却并非易事。总而言之，他是个吝啬鬼。

在德国，有这么几位教授像他这样。

遗憾的是，我叔叔虽身为教授，但说起话来却并不十分流利。如果说朋友之间相互闲谈时还好一点，那么至少在公开场合就很不尽人意了。确实，他在学校讲课时，常常会突然卡壳，常常因为某个特别刁钻古怪、生僻难说的词而打住话头。那个词在顽强抵抗、高傲自大，以致教授逼到最后，只好以一句不太科学的粗话说出口来，然后自己便大发雷霆。

在矿物学中，许多名称都采用的是半希腊文半拉丁文的名称，十分难发音难读得甚至能把诗人的嘴皮磨破。我这并不是想说这门科学的坏话，也根本没这个意思。可是，当你碰到一些专有名词，比如：“零面结晶体”、“树脂沥青膜”、“盖莱尼岩”、“方加西岩”、“钼酸铅”、“钨酸锰”、“钛酸氧化锆”等时，就是最为灵活的舌头也会出错。

因此，在这座城市里，人人都知道我叔叔的这一可以原谅的毛病，他们乘机欺负他，专门等着他碰上这种麻烦词，看他出错，等他发火，借机开心。这不能算是件礼貌的事，即使对德国人来说也一样。来听李登布洛克教授讲课的人总是很多，但其中总有许多人是专门来欣赏教授大发雷霆，以此为乐的。

不管怎么说，我必须永远强调一点，我叔叔是一位名副其实的学者。尽管有时他会因为动作过于鲁莽而把标本弄坏，但他却兼有着地质学家的天才和矿物学家的敏锐观察力。在他的锤子、钻子、磁针、吹管和硝酸瓶中间，他是一个非常能干的人。他可以根据一块矿石的裂痕、外表、硬度、熔性、声响、味道，毫不犹豫地判断出它在当今科学所发现的600多种物质中属于哪一种门类。

所以，在各高等院校及国家学术协会中，人们都熟悉李登布洛克的名字。亨夫里·戴维先生（亨夫里·戴维，1778—1829，英国著名的化学家和物理学家）、德·洪伯尔特先生（亚历山大·德·洪伯尔特(1769—1859)，德国著名的自然学家和旅行家。）、约翰·富兰科林（约翰·富兰科林爵士，1786—1847，英国著名的航海家和探险家，死于一次极地考察）、爱德华·萨宾爵士（爱德华·萨宾爵士，1788—1883，英国著名的物理学家，主要研究地球磁场，并赴北极考察）等，每次路过汉堡，都要前来拜访他。此外，安托万·贝克莱尔先生（安托万·贝克莱尔，1788—1878，法国著名物理学家）、雅克－约瑟夫·埃贝尔曼先生（雅克－约瑟夫·埃贝尔曼，1814—1852，法国著名化学家）、戴维·布雷维斯特爵士（戴维·布雷维斯特爵士，1781—1868，苏格兰著名物理学家）、让－巴蒂斯特·迪马先生（让－巴蒂斯特·迪马，1800—1884，法国著名化学家）、亨利－米尔纳－爱德华先生（亨利－米尔纳·爱德瓦，1800—1885，法国著名动物学家、生理学家）、亨利－艾蒂安·桑特－克莱尔－德维尔先生（亨利－艾蒂安·桑特－克莱尔－德维尔，1818—1881，法国著名化学家），他们也都喜欢向我叔叔请教化学领域里的一些棘手的问题。在化学这门科学中，许多重大发现都要归功于他。1853年，奥托·李登布洛克教授在莱比锡出版了《超结晶学通论》。这是一本用对开纸印刷、附有铜版插图的巨著，但因成本过高，赔钱不少。

此外，我叔叔还当过俄国大使斯特鲁维先生的矿物博物馆馆长。这座博物馆的珍贵藏品在整个欧洲享有盛名。

在厉声呼喊我的就是这位人物。你们可以想象，一个身材高挑，清瘦，腰板结实，一头金发，人显年轻，虽然已届五旬，但看上去要比他的实际年龄小10来岁。一双大眼在宽大的眼镜后面不停地转动；细长的鼻子，像是一把锋利的刀具；有些调皮的学生，甚至说那是一块吸铁石，能够吸起铁屑。其实，这是胡编瞎造，他的鼻子只吸鼻烟，而且吸得很多。

我得补充一点，我叔叔步子很大，一步可跨3英尺，而且走路时双拳紧握，这足以说明他爆裂的脾气，因此，别人对他总是敬而远之。

他住在科尼斯街的这幢小宅子里，房子是砖木结构的，有着锯齿形的山墙，屋前有一条蜿蜒曲折的运河，和汉堡旧城的其他运河纵横交错。1842 年曾发生一起大火，但科尼斯街区却幸免于难。

的确，这幢老房子有些歪斜，而且中间朝马路凸出。它的屋顶也向一边倾斜，如同一顶美德协会（美德协会系德国的一个政治团体，成立于 1808 年，旨在激励人民，以振兴普鲁士）的学生所戴的帽子。房子的垂直程度也不尽人意。但总的来说，还算是牢固，因为有一棵老榆树深深地嵌在墙面当中。每到春天，榆树花就会伸进玻璃窗里来。

我叔叔在德国教授中要算是一名颇为富有的了。这幢房子及其居住在里面的人，完全归他所有。这些人当中有：他的教女格劳班，芳龄 17，维尔兰人（维尔兰是爱沙尼亚的一座城市），还有就是女仆玛尔塔和我。我是一个孤儿，又是他的侄儿，所以就成了他科学实验的助手。

说实在的，我已迷上了地质学。我的血管里也流着矿物学家的血液，因此，在那些珍贵的石头中间，我从来不会感到厌倦。

总而言之，尽管科尼斯街这个小屋主人性格古怪，但大家生活在里面都很快乐。叔叔虽然脾气急躁，但却非常爱我。他生就是这么个急脾气，也无可厚非。

4 月份的时候，他在客厅的陶土盆里种了些木樨草和牵牛花，他天天早晨都要跑去拉拉叶子，以便使花草长得快些。

一张尘封的羊皮纸

他的书房是一座名副其实的博物馆。所有的矿物标本都工工整整地贴上了标签，根据不可燃矿物、金属和岩石三大类别，摆放得井然有序。

我对这些矿物学里的玩意儿是再熟悉不过了！有多少次，我放弃与同龄的孩子们玩耍，快乐地去抚摩那些石墨、无烟煤、褐煤、木炭、泥煤标本。还有那些沥青、树脂、有机盐标本，它们应该一尘不染。我也没忽视那些金属矿石，从铁到黄金，它们的相对价值在科学标本的绝对平等地位面前已完全消失！再有就是那些一堆堆的岩石，足以建造一座我们这样的小屋了，甚至还可以多造一间漂亮的房间，那对我来说，就宽畅多了。

不过，我走进这间书房时，我根本没考虑这些珍宝。我脑子里就只有我的叔叔。他坐在他那把盖着乌德勒支（乌德勒支，是荷兰的一个地名，以呢绒制造闻名）绒的大扶手椅里，手里拿着一本书，带着极为钦佩的神情端详着它。

“多么了不起的书啊！多么了不起的书啊！”他大声地嚷叫道。

他的赞叹提醒我，我的这位教授叔叔闲暇时还是一位图书收藏家。只是在他眼里，那些难以觅得，至少是难以读懂的书才是无价之宝。

“你看到这本书了吗？”他对我说道，“它可是一件稀世珍宝！是我今天上午在犹太人埃弗琉斯的小书店里发现的。”

“真棒。”我勉强装着兴奋的样子敷衍道。

说实在的，一本四开本的旧书有什么值得大惊小怪的?！书脊和封面看上去都是粗糙的牛皮制的，书页已经泛黄，里面还夹着一枚褪了色的书签。

可此刻，教授依然沉浸在惊喜中，依然滔滔不绝。

“你看，”他在自问自答地说，“这本书漂不漂亮？简直是美不胜言啊！你瞧这装帧！它容易打开吗？很容易，因为翻到任何一页它都平稳地摊开着。它合起来严实吗？很严实，因为它的封面与书页紧紧地合在一起，任何地方都不会张开和散落。它的书脊都已经700年了还没有一条裂痕！啊！这种装帧连伯泽里安、克洛斯和普尔高尔德（此三人均为19世纪的书籍装帧大师）见了也都会自叹弗如的！"

叔叔一边这样说一边不停地翻弄着这本旧书。我不得不问他书的内容是什么，尽管我对它一点兴趣也没有。

"这本奇妙的书书名是什么呀？"我表情略显夸张，急切而兴奋地问。

"这本著作吗？"叔叔激动不已地回答，"是斯诺尔·图勒松（应该是斯诺里·斯图吕松，1179—1241，冰岛领主，诗人）的《王纪》。他是12世纪冰岛的著名作家，讲述的是挪威诸王统治冰岛的编年史。"

"真的吗？"我尽量装出惊讶的样子喊道，"那它一定是德文译本了？"

"哼！"叔叔有点生气地说，"译本？我要译本干什么用？谁会看译本？这是原本，用冰岛文写的！这种语言很独特，既丰富又简洁，其语法结构变化多端，而其词汇也意义丰富！"

"那不是与德文一样吗？"我高兴地插话说。

"不错，"叔叔耸了耸肩膀说，"但也有点不同，冰岛文像希腊文一样有三重性，专有名词像拉丁文一样有变化。"

"啊！"我开始有些惊奇了，"那这本书的字体漂亮吗？"

"字体？谁和你谈论字体，可怜的阿克赛尔！你是在说字体吗？你以为是印刷版呀？这可是一本手稿，傻瓜，是用卢尼字母（这是公元4世纪古日耳曼人所使用的一种文字）书写的。"

"卢尼字母？"

"是啊，你现在该要我解释什么是卢尼字母了吧？"

"这个我懂，"我未免自尊心受到了点伤害，回击了叔叔一句。

可是叔叔并未停止，他不顾我拒绝，只顾滔滔不绝地解释开来。

"卢尼字母，"他说道，"那是早前在冰岛所使用的一种字母。据说还是天神奥丁（天神是斯堪的纳维亚神话中的主神，主管智慧、诗歌和战争）所创造的哩！你来看看，无知的孩子，好好欣赏一下这些出自天神想象的字母吧！"

说实在的，我无言以对，真的是佩服得五体投地了。这种回答方式肯定会让天神和国王们高兴，因为如此一来，他们也就不会觉得我出言不逊了。可是，正在这个时候，出现了一个意外，中止了我和叔叔的对话：一张满是污秽的羊皮纸从书中滑落，掉在了地上。

眼疾手快的叔叔将它捡拾起来。他这么着急是情理之中的事，因为在他看来，一份在远古时代就被藏在古书里的文件，当然是弥足珍贵的了。

“这是什么?”他大声嚷道。

与此同时，他小心翼翼地把那一小张羊皮纸摊开在桌子上。这张纸长5英寸，宽3英寸，上面横向排列着一些天书般难懂的文字。

下面就是临摹下来的原文。我之所以坚持要向大家介绍这些古怪的符号，因为正是这些古怪符号使得李登布洛克教授及其侄儿进行了19世纪最为离奇的旅行：

教授对这些文字注视了片刻，然后将眼镜推到额头上说：

“这是卢尼字母，它们与斯诺尔·图勒松手稿上的文字一模一样！可是……这些字是什么意思呢?”

我认为所谓卢尼字母，纯粹是一些学者创造出来让世人为难的，捉弄人的，所以看到叔叔对纸上的文字一窍不通的时候，我确实是颇有点高兴的。我看到他的手指开始剧烈抖动，而且抖得还挺厉害的。

“这确实是古冰岛文呀!”他从牙缝里自言自语地说道。

李登布洛克教授应该是能认识这些文字的，因为他通晓多种语言。如果说他并不能流利地说地球上的2000多种语言和4000多种土语的话，那起码他是懂其中的一大部分的。

面临这种困难，他当然要尽情流露他的急躁情绪。我已经预感到他那暴风雨就要袭来，这时，壁炉架上的钟敲了两下。

同时，女仆玛尔塔推开书房门说：

“午饭已经准备好了。”

“让午饭去见鬼吧，”叔叔大声吼道，“让做午饭的和吃午饭的都去见鬼!”

玛尔塔落荒而逃。我紧随其后，懵里懵懂地便坐在了我在餐厅里常坐的那个座位上。

我等了片刻，教授没来。据我所知，这还是他生平头一次放弃了神圣的午餐。要知道今天的午餐可真是丰盛至极啊！一道香芹汤，接着是火腿煎鸡蛋和豆蔻酸馍，再是小牛肉加糖煮李子卤，甜食是糖渍大虾，佐餐酒是莫赛尔葡萄酒。

我叔叔竟然为了一张破旧的纸片舍弃了这么美味的饭菜。说实在的，作为他忠诚的侄子，我觉得我有义务为了我自己，同时也为了他，把这顿午餐吃掉。于是我问心无愧地这么做了。

“我从未见过这样的事！”女仆玛尔塔在一旁嘟囔着，“李登布洛克先生竟然会不来用午餐！”

“真是不可思议。”

“这说明要发生什么大事情了！”老女仆摇着头说着。

但我却并不这么认为，这什么都说明不了，除了叔叔大人发现自己的那份午餐被别人吃得一干二净会大发脾气之外。

我正在吃甜食中的最后一只大虾，突然叔叔一声吼叫，打断了我品尝甜食的兴头。我三步两跨地冲进了书房里。

晦涩难懂的卢尼字母

“这显然是卢尼字母，”教授皱着眉头说，“可是，这里面藏有一个秘密，我一定要把它给挖出来，否则……”

他猛地挥动了一下拳头，结束了沉思。

“坐到那儿去，”他用拳头指着桌子说，“你写。”

我赶忙做好准备。

“现在，我要把与这些冰岛文字相应的德文字母读出来，你边听边记下来，然后我们再来看看结果。不过，看在圣 - 米歇尔（圣 - 米歇尔是基督教的第一位天使）的面上，可别记错了！”

听写开始了。我尽我之所能尽量准确地记录着。

记录完了之后，叔叔立即将我刚写下的那张纸夺了过去，仔仔细细地认真研究了很长时间。

“这到底是个什么意思呀？”他机械地自言自语着。

说实在的，我无法回答他。再说他只是在自言自语，并未在问我。

“这就是我们所说的密码信，”他继续在自言自语着，“信的含义就隐藏在这些故意弄乱的字母中。要是将它们正确地排列出来，就可以得出人们能够看得懂的话来。我猜测，说不定这里面包含着和某一重大发现有关的说明或暗示呢！”

可是，我却认为里面什么含义都没有，但出于谨慎，我没有发表我的观点。

教授又拿起那本书和那张羊皮纸，仔细地对两者做起了比较。

“这两份东西并非出自同一个人之手，”叔叔说道，“这封密码信写于这本书之后，我一眼就找到了一个不可否认的证据。这信的起始字母是一个双 M，这在图勒松的书中是怎么也找不到的，因为这种写法是直到 14

世纪才被冰岛文字所接受的。因此，手稿与密码信之间至少有 200 年的差距。”

我承认，叔叔的推理比较合乎逻辑。

“因此，我设想，”叔叔接着说道，“这些神秘的字母可能是这本书的某个收藏者写的。可是，这个见鬼的收藏者究竟是谁呢？他会不会将自己的名字写在书中的某个地方呢？”

叔叔又把眼镜推到额头上，拿起一个倍数很大的放大镜，仔细地检查该书的头几页。在第二页的背面，也就是有副标题的那一页，他发现了一块污迹，乍看上去，像是墨水渍。可是，再仔细地观看，就能辨认出几个大半被擦去的字母来。叔叔知道这是值得注意之处，于是，他认真仔细地辨认起这些字迹来。凭借那个大倍数的放大镜，他终于认出了以下的这些符号，便毫不犹豫地读出了这些卢尼字母：

“阿尔纳·萨克努塞姆！”他以胜利者的口吻大声地叫道，“这是一个人的名字，而且还是一个冰岛人的名字！这是 16 世纪的一位学者，一位非常著名的炼金术士！”

我怀着某种钦佩的心情看着我的叔叔。

“这些炼金术士，”叔叔继续说道，“像阿维森纳（阿维森纳，980—1037，是一位阿拉伯名医、哲学家和神秘学家）、弗朗西斯·培根（弗朗西斯·培根，1561—1626，英国著名政治家和哲学家）、雷蒙·鲁尔（雷蒙·鲁尔，西班牙卡塔卢尼亚哲学家、神学家、诗人和炼金术士。）、帕拉塞尔斯（帕拉塞尔斯，1493—1541，是瑞士著名的医生、神秘学家和炼金术士）都是他们那个时代真正的、唯一的学者。他们的发现令我们惊奇。这个萨克努塞姆为什么就不会在这封不可思议的密码信中隐藏某种重大的发现呢？应该是这样！一定是这样！”

教授的想象力经这么一逻辑推理，立即活跃了起来。

“不错，”我鼓起勇气回答他道，“可是，这位学者为什么非要把某种神奇的发现隐藏起来呢？”

“有什么必要？有什么必要？啊！我怎么知道为什么呀？伽利略不就是把土星的发现给这么隐藏起来的吗？不过，走着瞧吧，我一定要破译这个密码信的秘密，把信的内容弄个一清二楚，否则我就不吃饭也不睡觉。”

“嗯!”我暗自想。

“你也得这样，阿克赛尔。”叔叔接着说。

“见鬼!”我心想，“幸亏我午饭吃的是双份啊!”

“首先，”叔叔又说，“我们必须弄清这个密码出自哪种语言。这应该不会困难。”

听了这话，我猛地抬起头来。叔叔又继续在自言自语：

“没有比这事更容易的了。密码信中有 132 个字母，其中辅音字母是 79 个，元音字母是 53 个。这差不多就是南欧语言的构词比例；而在北欧语言中，辅音字母则多得多。由此看来，此信必定是一种南欧语言了。”

这个推断非常正确。

“那它会是哪种语言呢?”

我期待教授解答的就是这个问题，我很敬佩他的深刻的分析能力。

“这个萨克努塞姆，”叔叔接着说道，“是一个学识渊博的人，所以如果他不用母语写作，他肯定是首先选择 16 世纪文人常用的语言，也就是拉丁文。要是我猜错了的话，我就会再试试西班牙文、法文、意大利文、希腊文和希伯来文。不过，16 世纪的学者们通常都是用拉丁文来写作的。因此，我有理由肯定，这是拉丁文。”

我一听便从座椅上跳站起来，想起我学拉丁语时的情景，我要反驳叔叔的这种假设：“这些古怪的字怎么可能出自诗人维吉尔（维吉尔，公元前 70—前 19，是一位古罗马诗人）所使用的美妙语言呢?”

“对，是拉丁文，”叔叔又继续在自言自语，“只是他把前后次序给弄乱了。”

“那好呀，”我暗想，“要是你能排列出正确的次序，那就算你有本事了，叔叔。”

“让我们来研究一下看，”他边说边拿起我刚才写的那张纸，“这里是 132 个字母，从表面上看，它们无序地排列着。有些词里只有辅音字母，比如第一个词 mmrnlls，相反，在有一些词中，元音字母则很多，比如第五个词 unteief，或倒数第二个词 oseibo。这种排列明显是不符合语法规则的：这些字母是以数学方式、根据我们所不知道的规律排列起来的。可以肯定，作者最初写下的是正确的句子，后再根据我们尚未发现的规律将字母重新组合。如果掌握了密码的钥匙，这封信就能顺利地读出来。可这把钥匙是什么呢？阿克赛尔，你有这把钥匙吗？”

面对这个问题，我一言不发，原因嘛，自不必说了。我的目光正停留在墙上的一幅迷人的画像上，那是格劳本的画像。我叔叔的这个养女现在在阿尔托纳（阿尔托纳，是德国一城镇名，位于易北河畔，距汉堡仅有1公里）的一个亲戚家。她不在这里，我很伤心，因为，现在我可以坦白地说出来，这个美丽的维尔兰姑娘与这个教授的侄儿正在以德国人所特有的耐心和稳重在相互爱恋着。我们背着叔叔订了婚。之所以瞒着他，是因为他对地质学过于专注，不可能了解我和她的感情。格劳本是一个可爱动人的女孩，金发碧眼，性格略嫌稳重和严肃，但却对我一往情深。而我嘛，我对她爱慕得近乎于崇拜，如果日耳曼语允许我用这个动词来形容的话。此时此刻，这位维尔兰姑娘的倩影正浮现在我的脑海之中，把我从现实世界带到了幻觉与回忆中。

我脑海中又浮现出我在工作和嬉戏时形影不离的伴侣。她每天都在帮我一起整理我叔叔的那些珍贵的石块，和我一起往石头上面贴标签。格劳本小姐是一位了不起的矿物学家！她完全可以与最出色的学者相提并论。她喜欢探究科学上的疑难繁杂的科学问题。我俩一起学习、研究，度过了多少甜蜜的时光啊！我经常会对那些被她的纤纤玉手抚摩过的石块心生嫉妒，它们被她亲切抚摩，但是却浑然不知！

然后，休息的时间到了。于是，我俩便走出小屋，走过阿尔斯泰林阴道，朝着古老漆黑的磨坊走去。从湖边望去，那磨坊显得非常的美丽。我们一边走，一边手拉着手谈话。我讲一些趣事给她听，逗她发笑。走着走着，便来到了易北河畔。河中硕大的白睡莲盛开着，天鹅在其间游弋。我们向它们道了晚安，便乘上汽船回到家来。

我正沉浸在这美妙甜蜜的美梦之中，突然叔叔用拳头在桌上一击，把我从幻境之中震醒，一下子拉回到了现实世界。

“你看，”叔叔说，“我认为，一个人要是想把字母弄乱，他首先想到的必然是把原先横着写的词直过来写。”

“是吗？”我在想。

“我们从上往下写，看会是个什么结果。阿克赛尔，你在这张纸上随便写一句话，不过，不要按前后顺序逐个地排列字母，而是依次把它们直着写下来，写五六行。”

“很好，”教授边说边从我手中拿走了那张纸，“看上去已经有点像那古老的密码信了：元音字母和辅音字母排列得那么杂乱无章；大写字母和逗号竟出现在词的中间，与萨克努塞姆的羊皮纸上的完全一样！”

我不得不承认叔叔分析得非常精妙绝伦。

“现在，”叔叔冲着我说，“虽然我并不知道你都写了些什么，但我要将它念出来。我只需把每一个词的第一个字母按顺序排列在一起，然后以同样的方法将其第二个、第三个字母排列起来，以此类推就行了。”

于是，叔叔便大声读了起来。结果，不仅他感到惊讶，连我也大吃一惊：

我非常爱你，我的小格劳本。

“什么！”教授诧异地说。

是啊，我不知不觉便随手写出了这句泄露我心思的话！

“啊，你爱上格劳本了？”叔叔用监护人的严厉口吻问我。

“是的……不是……”我支支吾吾说不清楚。

“啊，你爱上了格劳本，”叔叔机械地重复道，“好了，现在把我们的研究方法运用到那封密码信上去吧！”

叔叔重新全心关注专心于研究了，已经忘记了我刚才下意识地写下的话。我的那句话确实欠妥当，因为像叔叔这样的学者的脑袋是无法理解感情方面的事情。幸好，叔叔已经完全被那封密码信给吸引住了。

李登布洛克在做这项重大破译工作时，眼睛在眼镜片后面炯炯发光。他用他那颤抖着的手指，又拿起了那张古老的羊皮纸。他激动不已。最后，他用力地咳嗽了一声，以严肃的语气，逐一地读出每个词的顺序字母，并让我边听边记录下来。

说实话，写完最后一个字母以后，我非常激动，可这些被逐个读出来的字母在我看来却又没有任何意义，我期待着教授嘴里庄严地吐出一句漂亮的拉丁文来。

但是，可是谁能想到，他竟然猛地一拳击在桌子上，墨水四处飞溅，我手里的笔也被震掉了。

“不对！”他大声地说，“这毫无意义！”

他说着便像一颗子弹穿过冲出了书房，冲下楼梯，一直冲到科尼斯街，飞快地向前奔去。

玄机被打开

“他走了?”玛尔塔听见大门被猛地关上的声音，吓得连忙跑了过来，那声响震动了整个房子。

“对,”我回答她道,“他确实走了。”

“可是，他还没吃午饭呢。”老女仆问。

“他不吃了!”

“那晚饭呢?”

“晚饭也免了。”

“怎么了?”玛尔塔感到莫名其妙。

“不吃了，我的玛尔塔，他从此不再吃饭了，这个家里的人都不再吃饭了。李登布洛克教授要大家所有人都禁食，直到他解开一个根本就解不开的古老谜语为止。”

“上帝啊！这么说我们只有饿死了!”

我不敢说是，因为照我叔叔的那种极端的性格，我们大家全都避不开这一厄运。

老女仆惊慌失措，唉声叹气地走回厨房去了。

此刻，我独自一人待在书房里。突然，我脑子里闪过一个念头，想去找格劳本，把这一切告诉她。可我怎么能走开呢? 万一教授要是找我呢? 他随时都可能回来的，而且他是一定要解开这个连俄狄浦斯（俄狄浦斯系希腊神话中底比斯国王之子。在少儿时期神曾预言他将来会杀父娶母。长大后，他千方百计地想要逃避这一厄运。有一次，路遇女怪司芬克斯，后者给所有过路人猜谜，谁若猜不出，则被她吃掉，但俄狄浦斯却破解了她的谜语）都解不开的谜的。他若找我，我又不在，那会发生什么事情呢?

因此，最明智的决定还是留下来。正好，贝藏松（法国西部的一个城市名，靠近瑞士边境）的一位矿物学家曾送给我们一些他所收藏的石英晶石，需要加以归类，于是我就开始工作。我先将它们分类，然后贴上标签，把这些中空的、闪耀着小块水晶的石头存放到玻璃橱里去。

可是我对这项工作并不专心致志。不知怎么搞的，那封古老的密码信一直萦绕在我的心头。我脑子里乱糟糟的，仿佛有一种不祥之感存在着。我预感到有大的灾祸将要发生。

一个小时后，我已把晶石全部整理完毕。于是，我便仰躺在乌德勒支绒扶手椅上，垂着双臂。我点燃我那又长又弯的烟斗，烟斗锅上雕有一个玉体横陈的仙女，为了消遣，我看着烟丝逐渐燃尽，烟慢慢地把仙女熏成一个黑人。其间，我不时地侧耳细听，看看楼梯上有没有声音传来，但是没有。我叔叔现在会在哪里呢？我脑海里浮现出他在阿尔托纳美丽的林阴道上奔跑着，用手杖指指戳戳着墙壁，狂暴地抽打着野草，把天鹅从静谧的休憩中惊醒……

他归来时是旗开得胜还是沮丧绝望？他和那个秘密究竟谁更厉害？我心中一边这么寻思着，一边无意之中又拿起了那张我在上面写下了无法理解的字母的纸片。我重复地问道：

“这到底是什么意思呀？”

我想把这些字母组成一些词，但是办不到。不管我是把字母两个、三个、还是五个或六个组合在一起，它们都不表达任何意思。只是第十四、十五和十六个字母组合在一起，成了英文中的 ice（冰），而第八十四、八十五和八十六个字母则组成了英文中的 sir（先生）。另外，在密码信的第三行中，我还看到了拉丁文的 mta（轮子），mutabile（多变的），ira（愤怒），nec（不），atm（残酷）等。

“见鬼了。”我心想，“这些拉丁文词像是在证明我叔叔关于密码信所用之语言的假设是正确的。”我甚至在第四行中还看到了 luco 一词，意思是“神圣的森林”。另外，在第三行中我确实发现一个很像希伯来文的词 fabiled，而最后一行中的 mer（大海），arc（弓），mère（母亲）这些词则完全是地地道道的法文了。

这真让人晕头转向！一句话里竟然出现了 4 种文字，真是荒唐至极！

“冰”、“先生”、“愤怒”、“残忍”、“神圣的森林”、“可变的”、“母亲”、“弓”、“大海”，这些词之间究竟有什么关联呢？容易让人联想到一起的只有第一个和最后一个词：因为在一封用冰岛语写的密码信中，出现“冰海”一词是不足为奇的。可是要想弄明白信的其他内容就不容易了。

我就这样与一个无法解决的困难进行着斗争；我的脑袋发热发涨；眼睛看着纸片不停地眨动；这132个字母仿佛在我眼前飞舞着，像那些在我们头顶闪耀的银珠般的星星，简直让我血液沸腾。

我陷入某种幻觉，我喘不过气来，我需要空气。我不自觉地拿起那张纸来当扇子扇着，于是乎，纸的正面和反面交替地闪现在我眼前。

在纸张快速闪动时，有一次纸的反面突然在我眼前一闪，我真是惊讶极了！因为我似乎看到一些完全可以清晰辨认的词，而且是拉丁文词，比如craterem（火山口）和terrestre（地球）。

我的脑海里突然闪过一道灵光，这些词使我隐约看到了真实的答案：“我发现了密码的规律。若要读懂这封密码信，只要将纸片翻转过来读就行了。对，只要这样，只要按照我记下的词的顺序，就能顺利地读出信的内容。我教授叔叔的聪明假设被证实了。他对密码信所运用的语言的认定以及对字母的排列组合，完全是正确的！”他只需稍补充一丁点东西就可以把这句拉丁文话语从头至尾地读出来，而这一丁点东西却被我在无意当中发现了！

大家可以想象我是多么地激动！我的眼睛变得模糊，简直看不清东西。我把那张纸摊放在桌子上。我只要看它一眼，就可以把其中的秘密给破解了。

我终于平息了我心中的那份激动。我强迫着自己在书房里走了两圈，以恢复冷静。然后，我便在那张宽大的扶手椅上重新坐了下来。

“现在读吧。”我深吸了一口气，然后叫道。

我伏在桌子上，用手指指着每一个字母，毫不迟疑地一口气把整个句子高声朗读了出来。

读完之后，我真是惊恐万状！我仿佛被人猛地狠击了一下，傻呆呆地坐在那儿。什么？我耳朵里听到的是什么？一个人竟然如此大胆，敢于下到那里吗？……

“啊！”我跳站起来大呼道，“不！不！不能让叔叔知道这事！他如果知道这次旅行的话将会糟糕透顶！他是个固执的地质学家，他会不顾一切、不计后果地去的！而且还会把我也给带上！那我们就甭想回到世上来了！永远也回不来了！”

我心情惶恐、激动，难以名状。

“不！不！绝不能让他知道！”我横下心来说，“既然我能够阻止这个暴君想到真实答案，我就必须去做。如果他把这张纸反复地、颠来倒去地审视研究的话，他迟早都会发现这个秘密的。我干脆把它给销毁掉算了！”

壁炉里还有一点余火。我不但拿起了那张纸，而且还拿起了萨克努塞姆的羊皮纸；我正焦急不安地把颤抖的手伸出去，准备将它们付之一炬，毁掉这个危险的秘密。可就在这时，书房门突然开了。叔叔回来了。

教授知道答案

我连忙将那该死的密码信放回桌子上。

李登布洛克教授走进书房，似乎仍在全神贯注地想着自己的心事。他脑子一刻不停地想着那封密码信；他在外面散步时肯定在脑子里进行了仔细的思考与分析，并且发挥了他所有的想象力，现在他要回来试验某一个新的解决方案了。果然，他坐到了扶手椅上，拿起了笔，开始写出一些类似代数计算的公式。

我留神地看着他那颤抖的手，注视着他的每一个动作。他会不会突然发现什么意外的结果？我莫名其妙地抖着，因为我已经找到了真正的且是唯一的答案了，其他的任何解决方案都是徒劳无益的。

在长长的 3 个小时里，叔叔一直在专心研究，他一言不发，连头也不抬一下，只是不停地把写在纸上的东西划去、重写、再划去、再重写。我很清楚，假如他能把这些字母按所有可能的次序加以排列组合的话，他肯定能读出这句话来的。可是，我同样十分明白，单单 20 个字母就可以有 2 432 928 008 176 640 000 种排列组合，而这句话中共有 132 个字母，这些字母经过排列组合之后可能构成的句子，其数量简直是无法计算，难以想象！

看到叔叔这种英勇无畏的解决问题的方式，我心里不免有了一丝慰藉。

时间在流逝，夜幕已经降临。街道的喧嚣已经止息。但叔叔仍在埋头工作着，对其他事情一概不闻不问，连玛尔塔推门进来都没有发觉，也没听见这位可敬的老女仆说：

“先生今晚用晚餐吗？”

玛尔塔得不到回答，便快快地出去了。我在坚持了一阵之后，终于挡不住袭来的倦意，倒在沙发上睡着了，而叔叔则仍然在写了画，画了写的。

第二天早晨，当我醒来时，我发现不知疲倦的叔叔仍在工作着。他双眼通红，脸色苍白，头发因焦躁被手抓挠得乱蓬蓬的，脸颊也涨得发紫，说明他与那难以破解之谜进行了多么顽强的斗争。这一夜，他费尽了多少心血！费了多少脑筋！

说真的，我都有点开始怜惜他了。尽管我觉得有理由责怪他，但还是感到一阵激动。这个可怜的人对自己的想法如此执著，以至于忘记了发火。这个可怜的地质学家，一门心思全都用在了这封密码信上，我真怕他心中的那股火找不到正当的发泄途径，会突然像火山似的爆发出来。

我只需做一个动作，说一句话，就足以让他那紧绷着的神经松懈下来。可是，我并没这么去做。

我这也是出于好心。为什么在这种情况下我还要保持沉默？当然完全是为我叔叔的利益考虑的。

“不，不，”我心中反复地这么念叨着，“绝不能告诉他！他肯定会去的，我了解他；任何事情都不能阻止他。他的想象力如火山一样强烈，为了做其他地质学家未曾做过的事，他是会拿生命去冒险的。我必须守口如瓶，必须把我的发现深埋在心中。告诉他无异于害死他。如果他自己能猜得出来，那就让他去猜好了，我可不愿有朝一日因为我而将他引上死亡之路而后悔莫及。”

我做出这一决定之后，便在一旁袖手旁观。可是，我始料不及的是几小时后却出现了一个意外。

玛尔塔在准备出外买菜的时候，却发现大门落了锁，而且钥匙也不在锁上。是谁将钥匙拿走了的？显然是叔叔昨晚散步回来，随手将钥匙拿走了。

他这是有意为之还是纯属偶然？难道他要让我们挨饿吗？我觉得这样的话未免有点过分了！难道我和玛尔塔将要成为一件和我们毫不相干的事情的牺牲品？我因此而回忆起几年前的一件心惊胆战的事来。当时，叔叔正在专心于那伟大的矿物分类工作，已经 48 小时没有吃饭了，全家人都得陪着他一块为了科学事业而禁食，以致我这个食欲旺盛的年轻人竟然被折磨得都胃痉挛了。

看来，今天的这顿午饭一定又像昨晚的晚饭一样，泡汤了。但是，我决心表现得英勇一点，不在饥饿面前退缩。玛尔塔却觉得问题相当严重，不免伤心不已。而我，我觉得出不了门倒比饿饭更加严重，原因不说大家也能明白。

叔叔仍旧没有停下手中的工作。他完全沉浸在各种各样的解答方案之中。他身在人间，可却能不食人间烟火。

将近晌午时，饥饿使我感到针扎一般难受。昨天晚上无辜的玛尔塔把食品橱里剩下的饭菜一扫而光。家里什么吃的都没有了。不过，我仍旧在硬挺着，这事关我的荣誉。

下午两点，情况越来越严重了，甚至难以忍受。我双眼圆睁，开始在心中嘀咕，自己对这封密码信的重要性未免过于夸大了。叔叔也未必相信它。他也许会认为这纯属荒诞之事。做最坏的打算，即使他真的想去冒险，我也能想法阻止他。何况，他完全可能自己发现解开密码的钥匙，我岂不是白挨饿了。

昨晚，我对自己的这些想法还嗤之以鼻，可现在看起来，却是非常有道理的。我甚至认为等这么长时间根本就是一个荒诞的举动，我决定把一切都告诉他。

我正想找一种不太突然的方式切入话题，这时，教授叔叔却站起身来，戴上帽子，准备出门。

什么！他又要出去！把我们关在家里！那可不行！

“叔叔。”我喊了他一声。

他似乎并未听见。

“李登布洛克叔叔！”我提高嗓门又叫了一次。

“嗯?”他好像突然醒过来似的。

“那钥匙怎么样?”我问道。

“钥匙？什么钥匙？大门上的钥匙?”

“不是，”我大声说道，“密码信的钥匙！”

教授透过眼镜看着我。他显然看出我的神情有点异样，因为他在用力地抓住我的胳膊，说不出话来，光用目光在询问我。然而，他的疑问是再明显不过了。

我点了点头。

可他又怜悯地摇了摇头，仿佛我是个疯子似的。

我更加肯定地点了点头。

他的眼睛立刻闪出强烈的光芒，抓住我胳膊的手变得可怕起来。

面对这种场面，即使最无动于衷的旁观者也会被这无声的对话吸引。我真的一句话也不敢说，生怕他会兴奋得搂紧我，使我窒息。看得出来，叔叔是如此急切，我不得不说话了：

“是的，那钥匙，那谜底，我偶然……”

“你说什么?”他嚷叫道，激动得无法形容。

“你瞧，”我边说边把我写过字的纸递给他，“你读读看。”

“可这没有任何意思!”他说着便把纸揉成了一团。

“如果您从头念的话，那确实是没什么意思，但是，要是从后面念起……”

还没等我说完，叔叔便惊呼起来，这不是叫，简直就是吼。他的脑海里突然闪过一个念头，脸都扭曲了。

“啊！我聪明的萨克努塞姆!”他叫嚷道，“难道你是把你的话反过来写的吗?”

他冲到纸片面前，两眼模糊，嗓音激动不已地从下往上地念出这封密码信。密码信是这么写的：

In Sneffels Yoculis craterem kern dilibat umbra Scartaris Julii intra calendas descende，audas viator，et terrestre centrum attinges. Kod feci. Ame Saknussemm.

这句古老怪诞的拉丁文可译为：

在 7 月来临之前，斯卡尔塔里斯的影子会落在斯奈菲尔的约库尔火山口，从这个火山口下去，勇敢的旅行者，可以到达地心深处。我已经到过那儿了。阿尔纳 · 萨克努塞姆

读完之后，叔叔好似触电一般，突然跳了起来。他因为勇气、快乐和信心而变得激动异常。他踱来踱去，双手抱住脑袋，搬动椅子，把书堆积起来，令人难以置信地抛着他那些珍贵的水晶石；他这儿捶一下，那儿拍

一下。最后，他终于平静下来，如同一个筋疲力尽的人，瘫坐在扶手椅里。

“现在几点了?”沉默片刻之后，他问道。

“3 点钟。”我回答说。

“是吗！我的午饭已经消化完了。我饿死了。先吃饭，然后再……”

“然后?”

“再替我准备行李。”

“什么!”我大声吼道。

“还有你自己的。”教授边往餐厅走去边冷酷无情地说。

叔侄激辩

听叔叔这么一说，我不禁猛地一颤，但我立即克制住了自己，我甚至决定装出若无其事的样子。我知道，只有用科学论据才能阻止教授叔叔的疯狂举动，而这样的论据多的是，而且能非常有力地证明这种探险之旅是不可能的。到地心去！疯狂至极的想法！我要在适当的时候施展我的辩术，先吃了饭再说。

我想我不用复述叔叔在空空如也的餐桌前所发出的诅咒。但问题很快便得以解决：玛尔塔获得了自由，赶紧跑向菜市场，动作如此之快，以至于一个小时之后，我的饥饿就被平息了，我又回到了现实之中。吃饭的时候，叔叔显得很愉快；还开了一些不失学者身份的无伤大雅的玩笑。吃完饭后甜食之后，他以手示意我跟他去书房。

我跟随他进了书房。他在写字台的一边坐下，我便坐在了另一边。

“阿克赛尔，”他语气温和地说，“你是个聪明孩子。你在我感到绝望、准备放弃的时候，帮了我一个大忙。不然的话，我还不知要耗费多少精力。这一点是我永远不会忘记的，孩子，你将和我分享我们一起获得的荣耀。”

“行，”我心中暗想，“他现在心情不错，该与他讨论一下所谓荣耀的问题了。”

“最重要的，”叔叔继续说道，“我得提醒你一句，这事必须严格保密，懂吗？学术界有许多嫉妒我的人，他们中有不少人也想做一次这种地心探险，但他们必须等我们回来之后才能知道这个秘密。”

“你认为真有这么多勇敢的人吗？”我说道。

“当然有！有谁会在这样的荣耀面前犹豫不决？要是这封密码信被公开，会有整整一个军的地质学家去追寻阿尔纳·萨克努塞姆的足迹！”

“我不相信，叔叔，因为没有任何东西能证明这封密码信的真实性。”

“怎么？我们可是在那本书里发现它的呀？那本书难道还不可信？”

“我相信那些话是萨克努塞姆写的，但这并不说明他真的进行过这次旅行。这张羊皮纸会不会是故弄玄虚啊？”

这最后一句话有点冒失，我刚一说就有点后悔了。教授皱起了浓眉，我担心这场交谈会不欢而散。幸好，并没那么严重。严厉的教授嘴角浮出一丝笑容，回答道：

“这一点我们以后会知晓的。”

“啊！”我有点恼火了，“请您允许我把我对这封密码信的所有不同意见说出来。”

“你说吧，孩子，没关系的，你完全有发表意见的自由。从今往后，你已经不是我的侄子了，而是我的同事了，你就说吧。”

“那好。我首先要知道约库尔、斯奈菲尔和斯卡塔里斯到底是什么意思，这些词我还从未听到过。”

“这个问题太容易了。最近，我在莱比锡的一位朋友奥古斯特·彼德曼送了我一张地图，它来得太及时了。你去把书橱第二栏第四格z字头的第三本地图册拿来给我。”

我站起身来，根据这个明确的指示，很快找到了所需的地图。叔叔打开地图说：

“这是安德森绘制的，是冰岛最好的地图之一，我想它可以解答你的疑难问题。”

我俯下身子来看地图。

“你看这座由火山构成的岛屿，”教授解释道，“要注意，这些火山都称之为约库尔。在冰岛语中，约库尔意为‘冰川’。由于冰岛系高纬度，所以那里的火山爆发都必须穿过冰层，因此岛上的火山全都被称作‘约库尔’了。”

“那斯奈菲尔又是什么呢？”我又问道。

我希望这个问题得不到回答。可是我猜错了，叔叔继续说道：

“你沿着冰岛的西海岸看。你找到冰岛首都雷克雅未克了吗？找到了？很好。在受到海水侵蚀的海岸线上，有着无数的峡湾，你顺着它们往上看去，把你的目光停留在北纬65度不到一点的地方。你看到了什么?”

“一座半岛，形状就像是一根被去掉肉的骨头，顶端好似一块巨大的膝盖骨。”

“你比喻得非常贴切，孩子。那你现在在这块膝盖骨上又看到了什么呀?”

“看到一座好像是伸入大海的山。”

“对！那就是斯奈菲尔。”

“斯奈菲尔?”

“对，就是它。此山高约5000英尺，是冰岛最著名的山峰之一。如果通过它的火山口走进地心的话，那它就会成为整个地球上最著名的山峰了。”

“这是不可能的!”我耸了耸肩，表示反对这种假设。

“不可能?”李登布洛克教授厉声问道，“为什么?”

“因为火山口肯定被熔岩和滚烫的岩石堵着，所以……”

“它要是一座死火山呢?”

“死火山?”

“是呀。目前地球表面处于活动状态的火山一共只有300来座。而大量的火山都是死火山。斯奈菲尔就是死火山。自有历史记载以来，它就只是喷发过一次，是在1219年，此后它便逐渐平静下来，不再属于活火山了。”

面对这番肯定的论证，我哑口无言；于是，我不得不转换话题，提及密码信的其他疑点。

“那斯卡尔塔里斯又是什么意思呀?”我又问道，“它同7月又有什么关系呢?”

叔叔思考片刻。一时间我感到了希望，可这希望转眼即逝，因为他马上回答我说：

“你眼中的疑点对我来说是非常明白的事情。这说明萨克努塞姆希望以一种巧妙的方式把他的发现告诉我们。斯奈菲尔是由好几个火山口组成，因此就必须指明其中的哪一个火山口是可以通往地心的。那位聪明的冰岛人是如何做到这一点的呢？他发现，6月底，快到7月时，也就是在

6月的最后几天里，这座山的一座山峰斯卡尔塔里斯的阴影会落在那个火山口上，于是他便把这一点写进了密码信里。他的这一提示难道不是最巧妙又最准确无误的吗？这么一来，当我们到达斯奈菲尔山顶的时候，就不用为应该走哪条路而犹豫了。”

总而言之，我的所有疑点都被叔叔一一解答清楚了。我知道，再想以这张古旧的羊皮纸上的内容去难倒他，已是不可能的了。于是我不再在这方面向他施加压力，不过我还是必须说服他，所以提出了一些学术方面的不同意见来，我觉得这些意见还是颇具说服力的。

“嗯，我不得不承认，”我说道，“萨克努塞姆所说的话明白无误，没有任何可疑之处。而且，我也承认密码信之真实可靠。这位学者确实到过斯奈菲尔火山的底部；他也真的是看到过斯卡尔塔里斯的阴影在快到7月时落在火山口的边缘；他的确是从当时的传说中听到过该火山口可以通往地心。不过，至于他本人是否真的到过地心？到了地心之后是否真的能够生还？我觉得这是不可能的，而且绝对不可能！”

“为什么绝对不可能？”叔叔语带嘲讽地反问道。

“因为按照所有的科学理论，这种事情都是绝无可能办到的。”

“是吗？所有的科学理论都证明了这一点吗？”叔叔装出一副天真的样子问道。“啊！可恶的理论！真够捣乱的！”

我知道他是在揶揄我，但我仍旧继续说道：

“是的。众所周知，从地球表面往下，每下去70英尺，温度就上升1摄氏度。如果温度与深度的这种比例恒定不变的话，那么，由于地球半径为3750英里，所以地心温度则要超过20多万摄氏度。因此，地球内部的一切物质都是以炽热的气体形式存在着，即使是金属、黄金、白银以及各种最为坚硬的岩石，都不能抵御这么高的温度。所以我完全有理由问，跑到这种地方去，可能吗？”

“这么说，阿克赛尔，是高温令你感到困惑了？”

“是的。只要我们下到25英里的深度，就会到达地壳的尽头，因为那里的温度已经超过1300摄氏度了。”

“你是害怕自己被烧化掉了？”

“您自己回答好了。”我没好气地顶了叔叔一句。

“好，我就来回答你好了，”李登布洛克教授带着高人一等的神情反驳道，“鉴于人类只是勉强了解了地球半径12‰的情况，所以你和任何人都不清楚地球内部所发生的事情；因此科学有待完善，所有的理论都在不断地被新的理论所打破。在傅立叶（傅立叶，1768—1830，法国著名数学家）之前，人们不是一直深信星际空间的温度是在不断地递减吗？可我们今天却知道，宇宙间最低的温度不会低于零下40到50摄氏度。因此，地球内部的温度为什么不也是如此呢？到达一定的深度之后，温度也完全可以达到一个极限的，而不再升高到某个足以使最为耐热的金属都被熔化的温度。”

叔叔已经把问题进入假设的领域了，那我还怎么说呢？

“我告诉你，有一些名副其实的学者，包括布瓦松（布瓦松，1781—1840，法国著名数学家）在内，都已经证明，如果地球内部真的存在20万摄氏度的高温的话，被熔化的物质所产生的炽热气体就会具有一股地壳无法抵御的弹力，那么地壳就必然会像锅炉的外壳那样，因蒸汽的作用而发生爆炸的。”

“这只不过是布瓦松的看法而已，叔叔。”

“是呀，可这也是其他著名地质学家的看法，认为地球内部并不是由气体或水构成的，更不是由我们所知道的沉重的大石块组成的，否则地球的重量就要比现在轻两倍了。”

“啊！数字可以证明一切你想证明的东西。”

“事实难道不也一样吗，孩子？自地球诞生之日起，火山的数量不是一直在减少吗？难道我们不能由此证明，即使地球内部存在热量，它也在不断地减弱吗？”

“叔叔，如果你总是做假设的话，我和你就没什么可谈的了。”

“可我却必须告诉你，孩子，我的看法得到了许多资深学者的赞同。你还记得1825年著名的英国化学家亨弗里·戴维对我的登门造访吗？”

“那我当然记不得了，我是在他拜访之后19年才出生的。”

“亨弗里·戴维是路过汉堡时前来拜访我的。我们交谈了很长时间，在众多问题中，我们也曾谈到地球内部是否有液体的假设。可我们二人都认为这种假设是不可能成立的。我们所根据的理由是很有力的，至今为止，没有一种科学理论能驳倒它。”

“什么理由？”我颇为惊讶地问道。

“如果地球内部是液体的话，那这种液体就会像海洋一样受到月球引力的影响，那么，地球内部每天都得有两次潮汐。而潮汐在掀动地壳的过程中，会引发周期性的地震。”

“可是，地球表面明显地发生过燃烧，所以可以假设地球的外壳最先得以冷却，而内部则仍蕴藏着热量。”

“这么说是不对的，”叔叔回答道，“地球变热是由于表面的燃烧，而非其他原因所致。这表层地壳是由大量的金属物质，如钠和钾所组成，而它们只要一遇到空气和水，就会燃烧起火；当大气中的水蒸气以雨水的形式降到地面时，这些金属物质便会起火；而雨水在逐渐深入地壳缝隙时，便会引起新的燃烧，造成爆炸和火山爆发。这就是为什么地球形成初期会有这么多的火山的缘故。”

“真聪明，这种假设！”我情不自禁地叫嚷道。

“这是亨弗里·戴维提出的假设，而且他用一个非常简单的实验证明了它。他用钠和钾做了一个圆球，代表地球。当他把一滴水滴在球体表面时，圆球立即膨胀，氧化，形成一个小山包。山顶裂为一个火山口；火山爆发也随之发生，并且把热量传到整个球体，以至于球烫得无法用手去拿。”

说心里话，我已开始被教授的论据给说动了，何况这些论据由于他惯有的激情和活力而变得更加具有说服力。“你看，阿克赛尔，”叔叔接着说道，“地质学家们对地核的状态的假设是各不相同的。关于地心存在热量的假设也没有任何的证明。就我看，地心并不存在这种所谓的热量，根本就不可能存在，再说，这一点我们以后会知道的，我们会像阿尔纳·萨克努塞姆一样去搞清楚这个问题的。”

“对！”我回答说，我觉得自己也被这种热情所感染。“我们会知道的，如果在地心我们的眼睛能看得见的话。”

“为什么看不见东西呀？我们可以借助电现象照明，在接近地心时，甚至还可以借助大气压力所产生的光亮。”

“没错，没错！”我说道，“这是很有可能的。”

“当然有可能，”叔叔胜券在握地说道，“不过，此事不要声张，听见吗？必须对这一切保密，不能让任何人产生和我们一起去探索地心的念头。”

这次难忘的辩论就这样结束了。它使我热血沸腾，我有点头晕目眩地走出我叔叔的书房。汉堡的马路上没有足够的空气让我的头脑恢复清醒，因此我便转向易北河畔的蒸汽渡轮码头走去。这条渡轮是连接汉堡市和哈尔堡的铁路的。

我真的相信了刚才所听到了一切了？我是不是被李登布洛克教授的精神所感染了？他去地心探险的决心是当真的吗？我刚才听到的那些话是出自一个疯人的胡言乱语呢，还是一个伟大天才的科学论断？所有这一切，哪些是真实可靠的？哪些是虚假错误的？

我在成百上千种彼此矛盾的假设中间游移着，始终得不出一个结论来。

不过，我记得尽管我的热情开始减退，但我还是被说服了；我真希望现在立即出发去探险，不要花时间去考虑。是呀，要是当时马上打点行李的话，我还是有勇气的。

探险启程

阿尔托纳其实只是汉堡的一个郊区，是通往基尔（基尔，是德国北部沿波罗的海的一个重要港口）的铁路线的起点。沿这条铁路线，可以抵达贝尔特海峡（贝尔特海峡，位于丹麦境内，是连接北海和波罗的海的重要通道，该海峡东宽西窄，东西分别称之为大小贝尔特海峡）不到20分钟，马车已将我们拉到荷尔斯泰因（荷尔斯泰因，位于德国北部）地界。

6点30分，我们抵达火车站。叔叔的那些既多又沉的行李物品被卸了下来，运去过磅，贴标签，送到行李车厢。7点时，我和叔叔已经面对面地坐在同一节车厢里了。汽笛鸣响，车轮滚动，真的是走了。

我是否真的服服帖帖、顺从了呢？还没有。不过，早晨那清新的空气和窗外那因火车飞快地奔驰而不断变化着的景色分散了我的注意力。

叔叔的思想很明显已经跑到了火车的前面。与他的急脾气比较起来，火车的速度可真是慢得多了。车厢里只有我们叔侄二人，可我们谁都不说话。叔叔在极其仔细地检查着他的口袋和旅行包。我看得出，他没有漏掉任何实施计划所必须的物品。

他的物品中，有一张仔细折叠好的纸，抬头写着丹麦领事馆办公室，落款处写的是丹麦驻汉堡领事、叔叔的一位朋友克里斯蒂安森先生。这张纸很重要，可以使我们在哥本哈根得到许多便利，并能把我们介绍给冰岛总督。

我还发现了那封著名的密码信，它被小心翼翼地藏在钱包最隐秘的地方。我打心底里在诅咒这封密码信。然后，我又把目光移向窗外。只见窗外一大片平淡无奇、单调乏味的平原，但却积满了淤泥，非常肥沃。

这种地形对于铺设铁路线非常有利，特别有利于铁路公司心驰神往的笔直的铁路线。

这单调的景色并未来得及使我感到疲倦，因为自出发后 3 小时，火车便在离大海咫尺之遥的基尔停了下来。

我们的行李是一直托运至哥本哈根的，省了我们不少的心。可是，叔叔却仍旧心里焦急地看着它们装上汽船，装到舱底，生怕有什么闪失。

在匆忙当中，教授弄错了火车换乘汽船的时刻表，害得我们白白地浪费了一天时间。爱尔诺拉号汽船要到晚上才开。我们被迫要等候 9 个小时。在这令人发狂的等待中，脾气急躁的教授把轮船和铁路公司以及放任不管的政府骂了个够。他在同爱尔诺拉号船长说起这事时，我也在一旁随声附和。他催逼船长马上启航，可船长却无动于衷。

我们只好在基尔或其他什么地方把这么长的等待时间打发掉。于是，我们便在小城近旁那森林茂密的海湾边散步，并走进那宛如枝杈丛中的鸟巢状的森林中去，参观了一些带有小冷水浴房的别墅，最后还到处闲逛并抱怨了一阵，终于熬到了晚上 10 点钟。

爱尔诺拉号的烟囱冒出了滚滚的浓烟；锅炉在隆隆作响，甲板都跟着在抖动；我们上得船来，并在全船唯一的客舱里占据了上下两张铺位。

10 点 1 刻，船的绳缆被解去，汽船快速地航行在大贝尔特海峡的黑色水面上。

夜色深沉；微风习习，海浪汹涌；岸上可见几处灯火在黑暗中闪烁；不一会儿，出现一座塔灯，把浪涛照得光彩夺目。这是我所能回忆起的第一次渡海的情景。

早晨7 点，我们在考色尔（考色尔，丹麦城市名，位于西兰岛，是贝尔特海峡沿岸的一个重要港口）上了岸。该小城位于西兰岛（西兰岛，是丹麦的主要岛屿之一，位于丹麦东部）的西海岸。我们在考色尔上了另外一列火车，穿越了一个与荷尔斯泰因乡村同样平坦的地区。

乘火车去丹麦首都哥本哈根还需要 3 个小时。叔叔彻夜未眠。我在想，他肯定是急不可耐，肯定恨不得用脚推着火车前进。

最后，叔叔终于看见了一片大海。

“森德海峡（森德海峡，是连接波罗的海和卡特加特海峡的重要海峡，位于丹麦西兰岛与瑞典之间）!”他大声喊道。

在我们左边，有一座高大建筑，看上去像是一家医院。

“是个疯人院。”一位旅伴对我们说。

“好，”我暗自在想，“没准我们就会在这座建筑物中度过余生！这所医院就算再大，但恐怕也无法装下李登布洛克教授的那些疯狂念头的！”

上午 10 点，我们终于抵达了哥本哈根。我们连同行李坐上马车，来到布莱德加尔的凤凰旅社。路上走了有半个钟头，因为火车站位于郊区。叔叔匆匆上完厕所，然后领我出了旅社。旅社的侍应会讲德语和英语，但叔叔精通多国语言，竟用丹麦语向他问询，侍应也就用其流利的丹麦语回答了他，告诉他北欧古董博物馆的方位。

这座奇特的博物馆里堆满了宝物，那些石制的武器、酒杯和首饰完全可以为我们再现这个国家的历史。博物馆馆长汤姆逊先生学识渊博，也是丹麦驻汉堡领事的好友。

叔叔将随身携带的那封热情洋溢的介绍信给了他。一般来说，学者对学者总是相当冷淡的，可汤姆逊先生则不然。他是一位非常热情的人，他对李登布洛克教授表示了热烈的欢迎，连我这个侄子也受到了惠顾。我们立即无话不谈，几乎用不着保守秘密，无需假称我们只是两个游客，去冰岛观光游览而已。

汤姆逊先生全身心地为我们提供帮助，亲自带我们前往码头，寻找开往冰岛的船只。

我还心存侥幸，希望找不到任何前往冰岛的船，但未曾想，竟有一条双桅小帆船，名为瓦尔基里号，将于 6 月 2 日前往雷克雅未克。船长布加恩此时正在他的船上，只见自己未来的乘客兴奋不已，紧紧地握住他的手，差点没把他的手拧断。善良的船长对教授如此紧密的握手颇感惊讶。他觉得去冰岛是很简单的事，因为这是他的职业。可叔叔却认为这趟旅行可非同小可，是件伟大的壮举。船长利用叔叔的热情，表情严肃地让我们支付了双倍的船费。不过我们也顾不得这些细节了。

“星期二早上 7 点开船。”布加恩先生一边说，一边把这笔数目可观的款子塞进衣袋。

谢过汤姆逊先生的热情帮助之后，我们回到了凤凰旅社。

“真顺利！真顺利！”叔叔高兴地叨叨着，“能找到一条马上就开的船真的是太走运了！我们现在先去吃午饭，然后去城里转转。”

我们走到孔根斯尼托夫广场。这是一块不规则的空地。广场上站着一名岗哨，还架设着两门没有实际意义的大炮，炮口冲着游人，却不令任何人感到害怕。附近有一家法国餐馆，厨师名为凡桑。我们每人只花了两个马克（约为2法郎75生丁。——原作者注）。就美美地吃了一顿法国餐。

吃完饭后，我像个孩子似的兴致勃勃地在城里逛了一圈。叔叔跟随着我，但他却无心观赏，对什么都不感兴趣，既不欣赏微不足道的王宫和博物馆对面横跨运河的美丽的17世纪大桥，也不浏览托尔瓦森（托尔瓦森，是丹麦著名雕塑家）的巨大墓冢（他的坟墓上可是装饰着一些可怕的壁画，里面还陈列着这位大雕塑家的作品）以及一座精巧公园里罗森伯格城堡（罗森伯格城堡，是原丹麦皇家城堡）的微缩模型；既不去观赏交易所这座令人惊叹的文艺复兴时期的建筑以及它那由4条青铜龙尾交错而成的钟楼，也不去瞻仰城墙上的巨大风车，而那座风车的翼翅张得鼓鼓的，犹如海船上迎风鼓起的风帆。

要是现在我那美丽的维尔兰姑娘在身边，那么这次港口散步将会是多么美好！红顶的双层船和三桅战舰静静地泊于海峡那绿树掩映之中；透过浓密的树丛可以看到一座城堡，上面的大炮张着巨大的黑魆魆的炮口，藏于接骨木和柳树的枝丫之间。

唉，可惜呀！天不从人愿，我可怜的格劳本离我这么远，我还有望与她重相见吗？

但是，叔叔虽然不注意那些迷人的景色，但却被哥本哈根西南角阿马克岛上的一座教堂的钟楼深深吸引住了。

他命令我同他一起向教堂前进。我们上了一只在运河中摆渡的小汽船，不一会儿就到了船坞码头。

狭窄的道上，身着黄灰两色长裤的囚犯们在警察的监督下干着活儿。我们穿过几条马路，到了弗莱瑟教堂。这座教堂并无特别之处。可它高耸的钟楼之所以会引起叔叔的注意，是因为从平台往上，有一座室外楼梯绕着钟楼的尖顶，在空中盘旋而上。“咱们上去。”叔叔说。

“你不怕头晕吗？”我答道。

“因此才要上去，得习惯登高。”

“可是……”

“行了，走吧，别浪费时间！”

我只好硬着头皮跟着走了。马路对面的看门人给了我们一把钥匙，于是我们便开始爬楼梯了。

叔叔精神抖擞，步伐矫健。我则胆战心惊地跟在他的后面，因为我的头轻而易举地开始犯晕了。我不是鹰隼，无平衡能力，又做不到泰然自若。

我们在钟楼里盘旋向上，一切还都挺顺利的。可是，上了150级梯级之后，风便迎面向我们吹来；我们已经上了平台。外架楼梯便从平台这儿开始向上伸去，旁边只有一根弱不禁风的栏杆作为扶手。梯级越往上越窄，似乎没有尽头。

“我上不去的！”我叫嚷道。

“你该不是个胆小鬼吧？跟我往上爬！”叔叔毫不怜悯地呵斥道。

我无可奈何地用手抓紧栏杆，跟着叔叔往上爬着。风挺大，吹得我头晕目眩。我觉着钟楼在风中摇晃着。我两腿绵软无力，不久就开始用膝盖爬行，后来索性就是趴着往上了；闭上眼睛，感受着登高带来的晕眩。

最后，只觉得我的领口被叔叔一把抓住，来到了钟楼顶端的圆球边。

“你看，”叔叔对我说，“看仔细点！你得学习登高俯视。”

我张开眼睛，看见扁平的房子在烟雾中如同被压碎了一般。白云在我头顶飘飞。由于错觉，我觉得它们飘在空中，静止不动。而钟楼、圆球和我则在以一种难以置信的速度被拖动着。远处，一边是绿油油的田野，另一边是在阳光下闪烁的大海。森德海峡一直延伸至赫耳辛格（赫耳辛格是丹麦一个港口，莎士比亚名著中《哈姆雷特》所描述的故事就发生在该城），海面上白帆点点，似海鸥展翅。在东面的烟雾之中，瑞典海湾曲折蜿蜒，依稀可辨。这些景象都在我的眼前旋转摇晃着。

可是我必须站起身来，挺直腰杆往四周看。我这是平生第一次上晕眩课。这堂课足足上了有一个小时。当我终于被允许回到地面，两脚踩在马路那坚实的石板地上时，我已经累得筋疲力尽了。

“我们明天继续。”叔叔说。

这种令人头晕目眩的练习课我一连上了5天。不管是否出自我的本意，在“登高俯视”的艺术方面，我取得了长足的进步。

第一站——冰岛

出发的日子到了。头天晚上，好心的汤姆逊先生给我们送来了几封言辞恳切的介绍信，分别写给冰岛总督特朗普伯爵、助理主教皮克图尔森先生和雷克雅未克市长芬逊先生的。作为回报，叔叔给了他最为热烈的握手。

6月2日，早上6点，我们宝贵的行李物品装上了瓦尔基里号。船长将我们叔侄领到甲板下面那略显狭窄的船舱里。

“我们是不是顺风？”叔叔问船长道。

“风很顺，”布加恩船长回答道，“是东南风。我们将鼓足风帆，驶出森德海峡。”

片刻过后，小船便扬起全部船帆，向大海驶去。一小时之后，丹麦首都似乎已沉没于远处的波涛之中。瓦尔基里号和赫耳辛格擦肩而过。我神经非常紧张，本想能在那个充满传奇色彩的平台上看见哈姆雷特的幽灵。

“高尚的疯子！”我说道，“您肯定会赞许我们的行动的！您也许会跟随我们一起下到地心，去寻找您的那个永恒疑问的答案！”

可是，在那座古老的城墙上，什么也没有出现。那座古堡也比那位英勇无比的丹麦王子要年轻得多。它现在是森德海峡管理人的豪宅，每年有1．5万条各国船只经过这个海峡。

克伦伯格城堡（克伦伯格城堡，是赫尔辛格的一座要塞，建于1574年）很快便消失在海上迷雾之中了。矗立在瑞典海岸上的赫尔辛堡（赫尔辛堡，是瑞典一重要港口，位于丹麦赫耳辛格对岸）的高塔也看不见了。在卡特加特海峡（卡特加特海峡，位于丹麦和瑞典之间的海峡）微风习习之中，我们的小帆船微微侧倾着往前行驶。

瓦尔基里号是一条很棒的帆船，但人们对帆船总是不抱有任何指望。

这条船专门往雷克雅未克运送煤、日用品、陶器、羊毛衣和小麦。5 个船员全是丹麦人，这点人数驾驭一条小船已经绰绰有余。

“得多少天才能到？”叔叔问船长。

“10 来天光景，”船长回答道，“如果在经过法罗群岛（法罗群岛，位于大西洋中，属丹麦，苏格兰北面350 公里处）时不遇上什么大的西北风暴的话。”

“要是真的遇上的话，也不会耽搁太多天吧？”

“是的，您尽管放心好了，李登布洛克先生，我们一定会到达的。”

傍晚时分，帆船绕过丹麦北端的斯卡根海角（斯卡根海角，位于丹麦的旧德兰半岛北面），夜间穿越了斯卡格拉克海峡（斯卡格拉克海峡，位于丹麦和挪威之间，连接北海和卡特加特海峡）。在沿着挪威南端航行的时候穿过了林德奈斯海角，最后驶入了北海。

两天之后，我们驶抵彼得里德（彼得里德，位于北海之滨，苏格兰港口小城）附近看到了苏格兰海岸。瓦尔基里号穿过奥克尼群岛（奥克尼群岛，属英国，位于苏格兰东北部）和设德兰群岛（设德兰群岛，属英国，位于苏格兰北部的大西洋中）之间，朝着法罗群岛进发。

没多久，大西洋的海浪就开始拍打我们的小船。它逆着北风，艰难地驶抵法罗群岛。8 日那一天，法罗群岛最东端的米加奈斯岛已映入眼帘。这之后，小船便一直驶向位于冰岛南岸的波特兰海角。

整个这一段旅程没有什么奇特可言。我基本上没有晕船，可叔叔却在不停地晕船，这使他倍感失望，甚至羞愧。由于晕船的缘故，他没法向布加恩船长打听斯奈菲尔、交通工具和旅行条件等方面的问题。看来只有到了目的地再说了。现在他不得不躺在船舱里打发时间，船的颠簸把船舱的隔板震得咯咯作响。我觉得他这是自找苦吃。

11 日，我们到了波特兰海角。天气晴朗，高处的米尔达斯约库尔清晰可见。海角由一座挺高的小山构成，山坡陡峭，孤零零地耸立在海滩上。

瓦尔基里号与海岸保持着一定的距离，穿行于成群结队的鲸鱼和鲨鱼中间，往西边驶去。不久，出现了一块似乎被凿穿了的巨大岩石，汹涌的海水在裂缝中穿过。威斯特曼群岛宛如一粒粒的小石子，散落在广袤无垠的大西洋水面上。此时，我们的帆船开始在往后倒退，以便留出足够的距离绕过冰岛西端的雷克雅奈斯海角。

海浪汹涌，叔叔无法登上甲板去欣赏那被西南风撕成锯齿状的海岸。

48 小时之后，收起风帆的小船摆脱了一场暴风雨，此后我们在东边看到了斯卡根海角的航标。斯卡根海角的岩石在水下延伸，相当危险。一位冰岛领航员登上我们的小帆船。3 个小时后，我们的小船被引领到雷克雅未克前面的法克萨湾停泊。

叔叔终于走出了船舱。他面色苍白，满脸憔悴，但仍然热情高涨，目光中流露出十分满意的神情。

城里的居民聚集在码头上。他们对来往船只都很有兴趣，因为大家都可以从船上买到点东西。

叔叔匆匆忙忙地离开帆船，对他来说，这艘船即使不是医院，至少也是一座水上监狱。但在走下甲板之前，他拉我上前，指给我看海湾北面的一座高山，此山有两座山峰，终年积雪。

"斯奈菲尔！"他大声地对我说道，"斯奈菲尔！"

说完，他用手势提醒我要绝对保持沉默。然后，我们便上了等候在那儿的一只小船。我跟在他身后，不一会儿就踏上了冰岛的土地了。

首先出现的是一个气色很好、身穿将军制服的人。其实他仅仅是一个行政长官，也就是冰岛总督特朗普男爵（原文是这样，前文提到他是伯爵）本人。教授立刻认出了他必须与之打交道的人。叔叔连忙把从哥本哈根带来的介绍信呈给总督，并用丹麦语与后者进行了一番简短的谈话。我不懂丹麦语，自然对谈话的内容毫不关心。不过，谈完话之后，特朗普总督表示可以满足李登布洛克教授提出的全部要求。

另外，市长芬逊先生也热情地接待了叔叔。他不仅与总督一样，身着戎装，而且态度也一样的和蔼可亲。

而助理主教皮克图尔森先生，因正在北部教区巡视，所以我们暂时见不到他。可是，我们却遇到了一位非常可亲可爱的先生，给了我们极其宝贵的帮助。此人名叫弗立德里克森，是雷克雅未克学校的一位教自然科学的教授。这位教授只会冰岛语和拉丁文，他用贺拉斯（贺拉斯，公元前65—前 8，著名的拉丁大诗人）所使用的语言与我交谈，我觉得我们两个人天生就能相互理解。事实上，他也是我在冰岛唯一能与之交流的人。这位热情好客的教授把自家那三间屋子中的两间拿出来供我们使用。我们立刻在里面安顿下来，并把行李搬了进去，这些行李的数量之多，使当地居民颇感惊讶。

“好了，阿克赛尔，”叔叔对我说道，“一切顺利，最困难的事情已经解决了。”

“什么？最困难的事情？”我不解地问。

“是呀，接下来就是往地下走了。”

“如果你这样看的话，当然没有错；可我在想，下去之后总还得上来吧？”

“咳！这我可不担心！来吧，别浪费时间了。我要去一趟图书馆，那儿也许会有萨克努塞姆的手稿，要是能查阅到一些的话，那就太好了！”

“我想趁这段时间去游览一下市容。你不去呀？”

“噢，我对此不感兴趣。在这片土地上，有趣的东西不在地上，而是在地下。”

我走出屋去，漫无目的地走着。

雷克雅未克只有两条街，不至于迷路。所以我也就无需用手比划着去打听道，免得招惹麻烦。

这座城市位于两座小山之间，地势很低，且多沼泽。城市一边为一大片火山熔流所覆盖，熔流缓缓下降，伸入大海；另一边则是宽阔的法克萨海湾，海湾北岸是巨大的斯奈菲尔冰川，此刻海湾中只停泊着一条船——瓦尔基里号。平常日子，英国与法国的护渔船都停泊在海湾中，但现在它们正在冰岛东海岸巡逻。

雷克雅未克仅有的两条马路中比较长一些的那一条，与海岸平行，路边是用横叠的红木建造起来的房子，里面住着许多大小商人；往西是另一条马路，通向小湖，马路两边住着主教和非经商的人。

我很快就走完了这两条沉闷抑郁的马路。有时我会看到一块褪了色的草坪，就像是被用旧了的羊毛地毯一样；或者几个菜园子，里面稀稀拉拉地长着一些土豆、青菜和莴苣，这些蔬菜似乎给小人国里的居民食用更加合适；还有几株长得病恹恹的紫罗兰，也在努力寻找着阳光的照耀。

在那条非商业街的中间部分，我看到一个用土墙围起来的公墓，里面十分宽敞。再往前走几步，就到了总督官邸了。与汉堡的市政厅比较起来，总督官邸简直像是一幢破屋陋舍了。但是在冰岛百姓的草屋衬托下，它可算得上是一座富丽堂皇的宫殿了。

小湖与城市中间耸立着一座教堂，带有新教的建筑风格。它是用火山喷发时喷出的石灰石建造的。屋顶上铺着红瓦，遇上西风劲吹的日子，红瓦便会漫天飞舞，给信徒们造成巨大的伤害。教堂旁边的一块高地上，我看见了国立学校。后来我从房东那儿知道，该校教授希伯来语、英语、法语和丹麦语。惭愧得很，对这 4 种语言，我都一窍不通。与这所学校的 40 名学生相比，我肯定最差劲儿的了。我也不配同他们一起睡在那些好似衣柜似的双人床上：娇气的人，在这种床铺上睡上一晚，就会被憋死的。

我只用了 3 个小时，便将整个城市及其四周逛了个遍。整体而言，这里的景色异常惨淡。没有树木，也无花草。到处遍布着火山石那尖利的棱角。冰岛人的房屋是土与泥炭建造而成的，墙向房子里面倾斜，看着就像是放置于地上的屋顶。不过，这些屋顶倒还是挺肥沃的草地。由于屋里居民所产生的热量，屋顶上的草倒还长得挺不错的，到了割草期，必须小心地将草割掉，否则家畜就会爬上这绿色屋顶草场去吃草了。

散步的时候，我很少碰到人。可回到商业街时，却看见不少居民在忙于晒、腌和装运鳕鱼，那是当地主要的出口产品。男人们看上去很结实，但也很笨拙，他们就像是眼神忧郁的金发德国人，感觉自己游离于人类世界之外，是一群被遗忘在这块冰川之地上的可怜的流放者；其实，既然大自然已经迫使因纽特人生活在北极圈的边缘，那么就应该让他们来充当冰岛的居民！我试图在他们的脸上发现一丝笑容，但并未能遂愿；他们偶尔也会大笑一声，但那也只不过是脸部肌肉无意识地抽动一下，根本就不是在微笑。

他们的服装包括一件宽大粗糙的黑羊毛外套，当地称之为“瓦特迈尔”，在北欧却是非常有名。另外还有一顶阔边帽、一条红色滚条长裤和一块折成鞋子形状的皮。

女人们的脸色既忧郁又顺从，看上去还算可人，但却没什么表情。她们身穿紧身胸衣和深色的“瓦特迈尔”裙。姑娘们把辫子梳成了花冠状，头上再戴上棕色的绒线帽；已婚女子则用彩色头巾包着头，头巾上还用一块白布做成头饰。

我散了一大圈步，回到弗立德里克森先生的住所时，见叔叔正与房东弗立德里克森先生在一起。

叔叔与弗立德里克森先生的谈话

晚餐已准备就绪。李登布洛克教授立刻狼吞虎咽地将它一扫而光，经过在船上被迫节食的那些日子，他的胃已经变成了一个无底洞。这顿晚饭是丹麦饭菜而非冰岛特色，并没有什么出众之处，可是，我们的房东却是冰岛人，而不是丹麦人，他令我想起古代好客的英雄。我们显然比他更像是这个家的主人。

谈话是用冰岛语进行的，叔叔不时地夹上几句德语，而弗立德里克森先生则夹几句拉丁文，好让我多少也能听懂一些。既然这是两位学者之间的交谈，主题自然是关于科学的问题。不过，在谈及我们的计划时，叔叔则显然是非常谨慎小心的，而且每说一句，都要用眼神示意我保持沉默。

弗立德里克森先生首先问及我叔叔在图书馆里查阅到了点什么。

“唉！你们的图书馆，”叔叔大声说道，“书架上空空如也，只有几本零散的书。”

“什么?”弗立德里克森先生不无惊诧地说，“图书馆内可是总共有8000册书啊！其中不乏珍本和孤本哪！有些作品是用古老的斯堪的纳维亚语写的，哥本哈根每年都向我们提供所有的新书。”

“可那8000册书都跑哪儿去了？依我看……”

“噢，李登布格克先生，书都被借到全国各地去了。在我们这个古老的冰川之岛，人人都非常喜欢看书学习！连农民和渔民都能识文断字。我们认为，书是用来看的，不应该让它远离好学的读者，在铁栅栏后面发霉。因此，那些书经过了许多人之手，它们被翻了又翻、看了又看，常常是借了一两年之后才还回来。”

“那么，外国人……”叔叔气恼地说。

“这就没有办法了，”弗立德里克森先生打断叔叔道，“外国人有他们自己的图书馆，再说，我们的农民渔民也得受教育。我提醒您，对看书学习的热爱已经渗透到冰岛人的血液中去了。所以，1816 年，我们成立了一个文学协会，发展情况非常好，而且还有许多外国学者参加、并以此为荣。协会还出版了一些书籍，都是一些教育我们同胞、为祖国服务的书。如果您能成为我们协会的通讯会员，李登布洛克先生，我们将不胜荣幸。”

叔叔已经是 100 多个科学协会的会员了，但他仍然十分高兴地同意加入，令弗立德里克森先生大为感动。

“现在，”弗立德里克森先生说道，“请告诉我您想在我们图书馆寻找什么样的书，也许我能帮您打听。”

我看着叔叔，见他有点犹豫，因为这与他此次的计划直接相关。但是，稍加考虑之后，他还是做了回答。

“弗立德里克森先生，”叔叔终于开口说道，“我想知道，在图书馆的古籍中，是否有阿尔纳·萨克努塞姆的著作。”

“阿尔纳·萨克努塞姆！”弗立德里克森教授说，“你说的是那位 16 世纪的学者，伟大的自然学家、炼金术士和旅行家吗？”

“对，就是他。”

“冰岛文学和科学的一大荣光？一个著名的人？”

“一点不错。”

“他是一个杰出的人。”

“正是。”

“他的勇敢和天才同样出类拔萃。”

“没错。我觉得您对他非常了解。”

叔叔仿佛遇上了知音，心里十分高兴，他逼视着弗立德里克森先生。

“您有他的著作吗？”他问道。

“没有！没有他的书。”

“什么？冰岛竟然没有萨克努塞姆的书？”

“是呀，冰岛和其他地方都没有他的书。”

“为什么？”

“因为阿尔纳·萨克努塞姆因传播邪说而屡遭迫害，他的著作于 1573

年在哥本哈根被行刑的刽子手全部都毁掉了。”

“啊！好，太好了！”叔叔大声叫嚷，这使我们的自然科学教授惊诧万分。

“您在说什么呀？”弗立德里克森教授疑惑不解地问道。

“对！一切都得到了解释，变得顺理成章、明白无误了。我现在才明白为什么阿尔纳·萨克努塞姆会遭受排斥，不得不隐瞒他的天才发现，并将这个秘密隐匿在一封晦涩读懂的密码信中……”

“什么秘密？”弗立德里克森先生饶有兴趣地问道。

“这个秘密……它……”叔叔开始吞吞吐吐了。

“您是不是有一封特别的信呀？”我们的主人追问道。

“不……我说的纯粹是一种假设。”

“好吧，”弗立德里克森先生看到叔叔窘迫的神情，就不再追问下去了，但却补充说了一句，“希望您在离开这座岛屿之前，能从我们这儿的矿藏资源中有所收获。”

“当然，”叔叔回答道，“不过，我们来得稍晚了点。是否有其他学者来过这里了？”

“是的，李登布洛克先生。已经前来此地考察过的有：奉国王御旨的奥拉弗森和彼韦尔森、特罗伊德，搭乘法国探索号护卫舰（探索号是1835年杜贝莱海军上将为寻找一支失踪的远征军而派出的一艘战舰。这支远征军名为“里尔女人”，由德·布洛斯维尔先生率领，人们一直没有再获知它的音讯。——原作者注）前来的加马尔和罗贝尔。最近还有一批学者搭乘霍尔坦丝王后号驱逐舰来过这儿。他们对冰岛的地理历史的研究作出了很大的贡献，但是，请您相信，值得去做的事情还有很多。”

“真的？”叔叔一面假装天真地问，一面竭力掩饰他那炯炯的目光。

“是的。还有许多的山峰、冰川和火山尚需人们去继续研究。不说别的，您看见远处的那座山峰了吗？那是斯奈菲尔。”

“啊，斯奈菲尔！”叔叔大声应答道。

“对，这是最奇怪的火山之一，到目前为止，还没多少人到过它的火山口。”

“它是一座死火山？”

“嗯！它已经熄灭了有500年了。”

“那么，”叔叔边说边来回地架起腿来，免得自己会激动得跳起来，“我希望我的这次地质考察就从塞非尔……不，费塞尔……对了，它究竟叫什么来着?”

“斯奈菲尔。”好心的弗立德里克森先生重复道。

他俩是用拉丁文交谈的，所以这段对话我全都听懂了。看到叔叔难以掩饰的喜悦心情，又竭力装出若无其事的样子，我真的有点忍俊不禁了；他尽量装出天真的样子，就像一个老鬼在扮鬼脸。

“不错，”叔叔说道，“您的这番话促使我下定了决心，去攀登斯奈菲尔，也许要去探查一下它的火山口。”

“很遗憾，”弗立德里克森先生回答道，“我的工作不允许我离开。否则我是一定要陪你们去的，这一定会是一次充满乐趣而又受益匪浅的旅行。”

“啊，不不不!”叔叔赶忙回答道，“不敢打扰，弗立德里克森先生，我真的从心底很感谢您。要是像您这样的学者能和我们同行，当然是最好不过的了。只是，您还是以工作为重吧……”

我想我们房东的冰岛脑袋真是太天真了，他是听不出我叔叔的那份言外之意来的。

“李登布洛克先生，”弗立德里克森先生说道，“我完全赞同您从这座火山着手开始您的考察。你们一定会在那儿，得到很多奇特的收获。请告诉我，你们打算如何前往斯奈菲尔半岛呀?”

“走海路，横渡海湾。这是最近的一条路。”

“也许是的，不过，您没法走这条近道。”

“为什么?”

“因为雷克雅未克连一条船也没有。”

“见鬼!”

“你们必须走陆路，沿着海岸走。路虽然远了点，但很有趣。”

“那只好如此了，不过，我得找一名向导带路。”

“正好我可以给您推荐一位。”

“可靠吗？聪明吗?”

“很可靠，很聪明，是半岛居民，靠捕捉绒鸭为生。非常能干，您一定会满意的。而且，他还能讲一口流利的丹麦语。”

“我们什么时候能见到他呢?”

“如果您愿意，就定在明天吧。”

“为什么不是今天呢”

“因为他明天才能回来。”

“那就明天吧。”叔叔叹了口气说。

不一会儿，这次重要的谈话就在德国教授对冰岛教授的热烈感谢中结束了。叔叔在这个晚餐桌上了解到了不少重要的事：萨克努塞姆的历史、那封神秘的信件的由来；还比如他的房东将不陪我们去探险；他明天就可以有一个向导，如此等等。

我们的向导汉斯·布杰尔克

晚上，我在雷克雅未克海滨做了一次短暂的散步，早早地就躺在了宽大的木板床上，昏昏睡去。

当我醒来的时候，只听见叔叔已在隔壁房间里大声说话。我立即来到他的房间。

叔叔正在用丹麦语与一个人在交谈。此人身强力壮，高大魁梧，看上去力大无比。有着一双幻想家的蓝眼睛，这双眼睛长在巨大而又单纯的脑袋上，显得很聪明。一头即使在英国也会被称为红棕色的长发，披在他那坚实的肩头上。这位冰岛人动作十分灵活，但他不懂或不喜欢用手势说话，因此很少挥动胳膊。看上去他是个性格绝对平静沉稳、毫不懒散的人。我暗自在想，此人不会向他人索取，只知道干自己的活儿，其人生哲学想必是处事不惊，顺其自然。

叔叔口若悬河地说着；我从冰岛人聆听的方式中观察到了他的性格特点。他双臂搂抱着，一动不动地站在那儿听叔叔在滔滔不绝地说。当他表示反对时，他就把脑袋从左往右摇一下；表示赞同时，便轻轻地点一下头，点头的幅度是如此之小，以至于连长发都纹丝未动。

他对动作的节约简直到了吝啬的程度。

的确，看到这个人，我怎么也想不到他竟会是个猎人。他那模样、动作绝不会让鸟兽惊吓的，他怎么可能打鸟捕兽呢？后来，等弗立德里克森先生告诉我这位安静的男子只是捕捉绒鸭时，我才明白过来。绒鸭的绒毛是冰岛的最大财富，被称作鸭绒，采集时并不需要做很大幅度的动作。

冰岛海岸峡湾（人们称斯堪的纳维亚国家那狭窄的海湾为“峡湾”。——原作者注颇多）每年初夏，美丽的雌绒鸭便纷纷来到峡湾的岩石丛中筑窝。筑好窝后，雌绒鸭便会将自己胸前的纤细羽毛铺在窝里。这时，猎人或商人便会跑来把绒鸭窝拿走，雌绒鸭不得不另筑新巢。只要它身上还有羽毛，这样的过程就要持续下去。等到雌绒鸭的羽毛被拔光之后，就由雄绒鸭来接替它的工作。而雄绒鸭身上的羽毛既粗又硬，无商业价值，猎人或商人不会来偷，所以鸭窝得以筑成。雌绒鸭于是便在雄绒鸭筑起的窝里产下蛋，小绒鸭在窝里破壳而出。第二年，采集鸭绒的工作便又重新开始了。

由于绒鸭选择做窝的地方并非陡峭的山岩处，而是偏爱伸向大海的平缓的岩石丛中，所以冰岛的猎人们不用费多大力气，就能完成他们的工作。他们像是农夫一样，但却不用播种和割麦，只要收获就行了。

这位严肃、冷静、寡言的人名叫汉斯·布杰尔克，是弗立德里克森先生亲自举荐的，他将是我们的向导。他的举止形态与我叔叔形成了鲜明的对照。

不过，虽然二人性格迥异，但他们很快就相处得非常融洽了。两个人都不在乎酬金，一方准备付多少，另一方就拿多少；一方要多少，另一方就准备付多少。没有一笔生意比这更容易谈成了。

根据约定，汉斯必须把我们送到斯塔毕村，那是斯奈菲尔半岛南岸、火山脚下的一个村庄，距离我们住地这段路约有 22 里地，叔叔估计得走上两天。

可是，当他得知这是丹麦制的里，而一丹麦里等于 2. 4 万英尺时，他被迫推翻了自己的计算，做好了长途跋涉 7 至 8 天的准备。

我们共有 4 匹马可以调遣，我和叔叔各骑一匹，另外两匹驮行李物品，汉斯习惯于步行，不愿骑马。他对这一段海岸非常熟悉，答应带我们走最短的路线。

叔叔与汉斯签的协议并非让他把我们送到斯塔毕村就结束了。叔叔还要求汉斯在整个科学考察期间，随时随地地为我们提供帮助，酬劳为每周 3 块银币（约合 16. 98 法郎。——原作者注），不过，他们明言约定，酬金必须在每个星期六的晚上交付向导，这是合同生效的先决条件。

出发的日期定为 6 月 16 日。叔叔本想预先支付酬金，但为汉斯一口回绝。

“以后吧。”汉斯用丹麦语回答道。

“好，以后。”叔叔为了教育我，又说了一遍。

合同谈妥之后，汉斯立刻离去了。

“了不起的人，”叔叔大声说道，“他还不知道自己以后将要扮演多么神奇的角色哩。”

“这么说，他将陪同我们一直到……”

“对，他一直陪我们到地心，阿克赛尔。”

离出发还有48小时。令我颇觉遗憾的是，我不得不把这段时间用在行前的行李物品的包装上。我们动足脑筋，把每一件东西都放在最合适的地方：仪器放这边，武器放那边；工具放在这个包里，食品放在另一只包里。物品总共分了4个组。

仪器包括：

一、一只150度的摄氏温度计，这个温度我觉得既太高又太低。之所以说太高，是因为如果气温真的升至150摄氏度，那我们也就被蒸熟了；之所以说太低，是因为如果用它来测量沸泉或其他熔化的物质，那温度计的标度又太低太低了。

二、一个压缩空气流体气压表，用以测量高于海平面气压的大气压力。随着我们深入地心，气压就逐渐增大，普通气压表不够用。

三、一只日内瓦小布瓦索纳制造的计时器，该计时器在穿越汉堡的经线时作过精确的校验。

四、两只罗盘，分别用来测倾角和偏角。

五、一副夜视望远镜。

六、两只路姆考夫（路姆考夫，1803—1877，德国著名物理学家）。照明灯。它以电流为能源，是一种便于携带、安全、而且轻巧的照明工具。（路姆考夫照明灯内含一节本生电池，电池依靠重铬酸钾工作，无任何异味；电池产生的电通过一个感应线圈被传到一盏构造特殊的灯泡上；灯泡内有一根蛇形玻璃管，里面除了少量的二氧化碳和氮气之外，几乎是真空的。照明灯工作时，上述气体会发出连续的白光。皮包外的灯泡足以在漆黑的地方照明；有了它，旅行者可以在易燃气体中出入而不必担心发生爆炸，而且灯泡也不会在任何深度的水下熄灭。路姆考夫是一位博学而能干的物理学家，他发明了可以产生高压电的感应线圈。他在1864年刚刚获得一笔50 000法郎的奖金，这笔5年一度的奖金是法国政府颁发给电的应用领域里最富创造的发明者。——作者原注。)

我们携带的武器包括两支普德利·摩尔公司生产的马枪和两支科尔特左轮手枪。为什么还要带上武器呢？我认为我们根本就不会遇上野人或猛兽的，可我叔叔却觉得武器与仪器同样重要。他尤其关注那一大堆的防潮火棉，因为这种火棉的爆炸力比普通炸药猛烈得多。

工具有两把铁锹、两把十字镐、一根丝绳、三根铁棒、一把斧子、一把锤子、十几个凿子、一些螺钉，以及几根很长的绳子。这些东西放在一起就是一个大包，因为光是绳梯就有300英尺长。

最后就是食物了。这只食品包不算大，但足以令人放心，因为里面有压缩肉食和饼干，吃上半年不成问题。饮料则只有刺柏酒，没有水，不过我们带有水壶，叔叔认为找到泉水就可以将水壶灌满，我对泉水的水质和温度，甚至对泉水的存在提出了质疑，可是没有结果。

在我们随身携带的东西当中，还有一只旅行药箱，里面放着各种可怕的用具：钝口剪刀、骨折夹板、生丝胶带、绷带、止血带、橡皮膏、放血刀。另外还有各种大小瓶子，里面盛着各种令人担心的药水：糊精、医用酒精、液体醋酸铅、乙醚、醋和氨水。最后就是路姆考夫照明灯工作时所需要的种种物品。

叔叔还特别不忘带上烟草、火药、火绒和一条皮腰带。他将皮腰带系在腰里，放了足够的金币、银币和纸币。在放工具的包裹里面，还放有6双质地很好的鞋子，它们都被涂上了一层柏油和橡皮，所以能够防水。

“有了这种行头和装备，我们没有任何理由不到很远的地方去。”叔叔对我说道。

14日一整天都在打点行李。晚上，我们在特朗普男爵家里用了晚餐，雷克雅未克市市长和当地名医雅尔塔兰博士出席作陪。弗里德里克森先生没有在座，后来我得知，他与总督在一个行政问题上意见相左，已互不往来。所以，在这次半官方的晚宴上，我一个字都没有听懂。我只看到叔叔在一个劲儿不停地说话。

第二天，也就是15日，一切准备工作都已经就绪。我们的房东送给我叔叔一张四十八万分之一的冰岛地图。叔叔如获至宝，高兴至极。此图是奥拉夫·尼古拉·奥尔森按照谢尔·弗里萨克的大地测量和布若恩·古姆罗格森的地形数据绘制而成的，由冰岛文学出版社印制出版，比安德森绘制的那张地图好多了。对于一个地质学家来说，这是一份珍贵的资料。

动身前的最后一个晚上，我与弗立德里克森亲密地长谈了一次，我对他的好感已经很深了。谈完话之后，我便回屋睡下，但却睡的很不安稳。

早晨5点，窗前的4匹马嘶鸣声把我吵醒。连忙地穿上衣服，跑到街上。汉斯刚把我们的行李物品装上车。可以说，他在干活时动作的幅度几乎为零，但是非常的敏捷。叔叔说的话比干的活儿多，不过我们的向导看上去对他的嘱咐并不怎么在意。

6点时，一切准备就绪。弗立德里克森先生同我们握手告别。叔叔诚心诚意地用冰岛语对他的热情款待表示了衷心的感谢。我则用最美丽的拉丁文与他热情话别。随后，我们上马，弗立德里克森先生用维吉尔的一句诗句作为告别，这句诗似乎就是为我们这些命运难测的远行者度身定制的："不管命运让我们走哪条路，我们都会走下去。"

不断靠近的斯奈菲尔

此刻，应该已经是晚间了。但在这北纬 65 度的北极地区，我对白夜并不感到惊奇。在冰岛，6 月和 7 月份，太阳是不落山的。

不过，气温却已下降。我觉得有点冷，更觉得肚子饿。一座农舍打开了好客的大门，主人非常热情接待了我们。

这是一户农家，但主人的热情好客让我们觉得这里是一座王宫。主人一见到我们，就连忙与我们握手，然后他也没有什么客套，就示意我们跟着他走。

我们也只能是跟着他走，因为和他并肩走几乎是不可能的。一条狭长黑暗的过道通向这幢用粗糙的四方横梁建成的房子，同时也把我们带到房子的每一间房间。房子有 4 间房间，分别用做厨房、织布间、卧室和客房。客房是 4 间房间中最好的一间。主人在盖这幢房子的时候根本没想到会有我叔叔这样身材修长的客人前来，以致叔叔的脑袋在天花板上撞了三四次。

我们被带进了客房。这个房间十分宽敞，地面是经过平整压实的泥土地。房内有一扇窗户可以采光，窗上糊着不太透明的羊膜，用来代替窗玻璃。床是两个饰有冰岛谚语的红漆木头架子，里面塞满了干稻草。我没想到竟然能有如此的享受，只是屋子里弥漫着一股强烈的鱼干味儿、腌肉味儿和酸奶味儿，让我的鼻子真的有点受不了。

我们刚刚放下行李，主人便请我们到厨房去，只有厨房里生着火，即使在严寒的冬季也是如此。

对于这道友好的命令，叔叔连忙表示服从。我也紧随其后。

厨房里的炉灶很古老。屋子中间放着一块石头，作为火炉炉床；屋顶上有一个洞，烟就从洞口冒出去。厨房也兼做餐厅。

我们进屋的时候，主人像是刚刚见到我们似的，立即说到 sellverfu，意思是“祝您快乐”，并吻了我们的面颊。

接着，女主人也同样对我们也说了同样的话、行了同样的礼。然后，夫妻二人把右手贴在心口，深深地向我们鞠了一躬。

有一件事我必须立刻告诉大家，这位冰岛女主人是 19 个孩子的母亲。这些大大小小的孩子全都乱七八糟地挤在烟雾缭绕的屋子里。我不时地可以看到一只金发小脑袋神情忧郁地钻出烟雾，活像是一群没有盥洗干净的小天使。

我和叔叔都很喜欢这帮小家伙。很快，就有三四个小家伙爬到我们的肩膀上，又有两三个小家伙坐到了我们的膝盖上，剩下的则全都依偎在我们的双腿之间。会说话了的孩子便用所有您可以想象的出的语调重复着“祝您快乐”，还不会说话的孩子也就只能大声嚷嚷。

这场音乐会因宣布吃饭的消息而被打断。这时，我们的向导也回来了。他刚解决了马的饲料问题，确切地说，他非常实惠地把马放到了旷野上。可怜的马儿们只能吃到岩石上稀稀拉拉的苔藓和一点点没多少营养的海藻。第二天，它们还不得不自己跑回来，继续前一天的工作。

“祝您快乐。”汉斯进来时对主人说道。

接着，他平静而机械地逐一吻了男主人、女主人以及他们那 19 个孩子。

仪式结束后，大家便各就各位，坐了下来，就餐者一共是 24 位，坐的时候真的是人叠人，即使是最荣幸的人，腿上也坐了至少两个孩子。

汤一端上桌来，我们这个小团体就立刻被静默笼罩了。对于冰岛人，哪怕是冰岛小孩，这种静默都非常自然，主人先让我们尝了用地衣煮的汤，口味并不很差，然后，便是一大块在保存有 20 年的酸黄油里浸泡了的干鱼。按冰岛人的饮食观点，这种酸黄油比鲜黄油更好吃！另外，还有拌有饼干的凝乳，名为“斯基尔”，由于里面还加了刺柏浆果汁，所以味道很重。最后，我们喝的则是当地人所说的那种“布朗达”，是掺了水的稀牛奶。我说不清这些食物是否美味，只知道我饿了，所以狼吞虎咽地吃完了最后一道甜点的最后一口荞麦粥。

晚饭结束后，孩子们都不见了。大人们围坐在烧着泥炭、灌木、牛粪和干鱼骨的火炉旁。大家取暖之后，就各自回到自己的房间。按照当地习俗，女主人要来为我们脱去长裤和袜子的，不过，在我们婉言谢绝了之后，她也没再坚持。于是，我便钻进我的稻草被子里面了。

第二天早晨5点钟，我们和这位冰岛农夫告别。叔叔费尽了口舌才让对方收下了一笔不多不少的酬金。然后，汉斯做手势示意我们出发了。

刚离开加尔达不一会儿，地表便起了变化。路变得泥泞不堪，极为难走。右边群山绵延不绝，宛如一道巨大的天然堡垒，而我们则沿着堡垒的防护墙前进。沿途常常会遇上小溪，不得不蹚过去，同时又不能溅湿行李。

四周的景色越来越荒凉；不过，时而可以看见一个人影闪过。当我们沿着蜿蜒曲折的小路不经意地走到一个幽灵般的人身边时，我便会看到一只浮肿的、闪闪发光的秃脑袋，透过褴褛的衣衫，我还可以看到他的身上令人厌恶的伤口，这不由让我感到一阵恶心。

这个不幸的家伙并未向我们伸出他那变了形的手，相反却逃之夭夭了，但跑得也不快，汉斯还是习惯性地跟他说一句“祝您快乐”。

“麻风病人。”汉斯用丹麦语说道。

“他得了麻风病!”叔叔重复了一遍。

单是这个词就令人生厌。这种可怕的病症在冰岛很常见。这病并不传染，但却有遗传性，所以当地禁止麻风病人结婚。

这些人的出现当然不会让四周越来越忧郁的景色变得活泼起来。就连我们脚下的几根小草也都已奄奄一息了。除了几棵矮得如同荆棘似的桦树和几匹因主人喂养不起而任由其在荒野上游荡的马而外，我们再没见到一棵树或一只动物。偶尔可以见到一只秃鹰在灰暗的云中飞翔，然后急速转向南面飞去。我也受到了这片荒凉景象的影响，心情十分抑郁，想起了我的家乡。

不久，我们又穿过了好几个不起眼的小峡湾和一个地地道道的大海湾。我们很走运，海潮很平静，因此使我们未作任何等待。我们又走了1里地，来到了阿尔夫塔纳的一个小村子。

我们蹚过了两条小河：他们分别是阿尔法河和埃塔河。河里游动着许多的鳟鱼和白斑狗鱼。晚上，我们被迫在一座被遗弃的破屋子里过夜。这座房子简直就像是北欧神话中的各种妖魔鬼怪出没的地方，而且还是严寒之神的居所，因此我们被冻了一夜。

第二天的旅程没有任何特别的地方。同样的泥泞路，同样的枯燥气味的景象，一样抑郁的心情。到了晚上，我们已经走完了一半的旅程，在克罗索尔勃特的“次教堂”睡了一夜。

6 月 19 日，我们踏上了熔岩地带，脚下绵延的熔岩长达 1 英里左右。熔岩表面满是褶皱，如绳缆一般，一会伸展开来，一会则蜷缩着。山谷间有一条巨大的熔岩流直泻而下，尽管这些山现在都是死火山，但所有的残迹都证明它们过去的活动是多么猛烈。而且，我们不时地还会看到有地下沸泉冒出的水蒸气。

由于需要赶路，我们没时间仔细观察这些地质现象。不一会儿，我们的坐骑又踩踏着泥泞的土地了。前进的道路时不时地会被一些小湖给阻断。我们正朝着西面前进。事实上，我们已经绕过了法克萨海湾，可以看到斯奈菲尔那两座白色的山峰耸立在不到 5 里远的云端之间了。

马走得很好，泥泞的道路并没有难倒它们；至于我，我开始觉得非常劳累。叔叔仍旧像第一天一样的精神饱满。对于我们的向导，我真的佩服得五体投地，在他看来，这次远征就像是一次微不足道的旅行。

6 月 20 日，星期六，晚上 6 点，我们到达了海边小镇布蒂尔。向导向我们索要事先谈妥的工资。叔叔把钱付给了他。接待我们的是汉斯的亲戚，确切地说，是他的叔叔和堂兄弟。我们得到了热情的招待，要不是担心在这些淳朴的人的好意面前表现得过于随便，我真想在这些的好心人的家中好好地休息一阵子，解除旅途的劳累。但是，叔叔却并不感到疲劳，他毫无在此多作停留的打算。所以，第二天早晨，我们又不得不骑上我们的忠心的马儿赶路了。

来到斯奈菲尔山顶

接近斯奈菲尔时，地面明显地可以看出受到这座火山的巨大影响，它的花岗岩石根像老橡树一样裸露在地表的外面。我们绕着火山巨大的山脚往前走着。叔叔一直在盯着这座火山看，一边指手画脚，似乎在向它挑战似的说："这就是我们将要征服的巨人!"最后，经过4个小时的跋涉，马儿自动在斯塔比的神甫家门前停了下来。

斯塔比是一个只有30多座茅屋的小镇，建造在熔岩上面，因斯奈菲尔火山积雪的反射的缘故，阳光可以照到小镇上来。小镇位于一个小峡湾的尽头，峡湾周围是形状奇特的玄武岩石壁。

斯奈菲尔火山高5000英尺，它的两座山峰位于由粗面岩构成的海岸的顶端。这条粗面岩石带与冰岛的山地形成了强烈的发差。从我们的出发的地方，看不到衬托在灰暗天空中的这两座山峰，而只能看到一顶压在巨人额头上的巨大白雪圆帽。

我们排成一行前进，向导走在最前面。他在山路上攀登着，山路非常的狭窄，无法二人并肩而行，所以大家不可能做任何交谈。

翻过斯塔比的玄武岩石壁，首先出现的是一种草质纤维性的泥炭土，这是半岛沼泽地上古植物的遗迹。这种尚未被开发的燃料的数量之多，足够冰岛全国人口取暖用100年。如果从某些山谷底部测量起，那么这片广阔的泥炭层足有70英尺深，而且还连续含有好几层被浮石性凝灰岩薄层隔开来的炭化岩屑层。

作为李登布洛克教授的亲侄儿，我尽管心事重重，但仍然饶有兴趣地观察着展现在这巨大的自然历史陈列室里的矿物珍品。我一边观察，一边脑海里会浮现出冰岛的整部地质史来。

这座奇特的岛屿显然是在一个相对较近的时期从水底上升而形成。也许它现在仍然在不易觉察地继续往上升。如果是这样，这只能是地下火山活动的结果。那么，亨夫里·戴维的理论、萨克努塞姆的密码信，以及李登布洛克教授的看法，这一切就都将烟消云散。出于这种假设，我认真仔细地观察了地表的性质，很快就明白了这个半岛在形成过程中所发生的一些主要现象。

冰岛没有一点沉积土，它完全是由火山凝灰岩构成的，而这种火山凝灰岩是一种多孔的集块岩。在火山出现之前，这里是一大块绿石，在地球内力的推动下，慢慢地浮出水面。这时地心的火山岩浆尚未喷发出来。

后来出现了一条很宽的裂缝，它由西南往东北横贯全岛，粗面岩浆便经由它逐渐向外溢出。这一过程是缓慢而平稳的。裂缝很大，岩浆从地心涌出，慢慢四溢，形成了广阔的平面或者波状的起伏。这一时期就出现了长石、正长岩和斑岩。

由于火山岩浆的漫溢，岛屿的地层大大增厚，抗力也随之得到了增强。但是，溢出的粗面岩浆冷却之后形成一道硬壳，把那条宽大裂缝给封堵上了，于是大量的岩浆积聚在地表下面，压力越来越大。久而久之，地心的压力达到一定的程度，使地壳逐渐隆起，从而形成了许多火山管。就这样，火山岩浆则通过这些火山管，冲破岩层，最终在山顶形成了火山口。

从此，岩浆漫溢现象便为火山爆发所代替。最初通过新近形成的火山口最初喷发出来的是玄武岩浆，我们此刻穿越的平原就是玄武岩平原的最佳典型。在我们行走在这些沉重的深灰色岩石上，它们在冷却的过程中变为六边形棱柱。远处可以看到许多的平顶山峰，这些山峰从前都是火山的喷发口。

由于有些火山口不再喷发了，所以火山积聚的能量不断地在增长。当玄武岩浆喷发完了之后，接踵而来的就是熔岩、凝灰岩和火山岩渣。它们在山坡上留下了四散的长痕，宛如一簇一簇的浓密的头发。

这就是冰岛在其形成过程中所经历的一系列现象。这些现象是由地球内部的热量所促成的，谁要是说地球内部不是一团炽热的流体的话，那他肯定是个疯子。要是他想去地心，那他就是疯上加疯！因此，我朝着斯奈菲尔火山进发，但我对这次探险的结局已经深信不疑。

路变得越来越难行了，地面更加倾斜；岩石碎片不断地滚落，我们必须加倍小心，才能避开这些危险的坠落物。

汉斯平稳地前进着，好像走在平地上一样。有时候，消失在一块巨石后面，暂时离开了我们的视线，他便吹一声尖声口哨，以指引我们前进的方向。他还不时地停下脚步，拾起一些石子，摆放在路上，作为明显的路标，以便我们返回时可以辨识路径。他的细心值得称道，可是后来发生的一切使这种细心付诸东流。我们艰难地跋涉了 3 个小时，才刚刚走到火山脚下。汉斯以手示意停止前进，匆匆地吃了一顿简单的午饭。叔叔为了增强体力，走得快些，竟然吃了双份。不过，吃饭时间也是休息时间，所以他不得不等待，直到一个小时后，向导才有了好心情，他挥挥手，带着我们继续赶路。那 3 个冰岛人同汉斯一样少言寡语，而且吃饭也很节制。

现在我们开始攀登斯奈菲尔火山的山坡。身在山中，容易产生错觉，看那积雪的山峰，似乎近在咫尺，可是在登上它之前，却是既耗时间又费体力。山上的石头与泥土或野草互不黏附，它们不断在我们的脚下坠落，以雪崩一样的速度消失在平原之上。某些地方，山坡与地平线形成的角度至少有 36 度攀登这样的山坡几乎是不可能的，只好艰难地沿着那陡峭的石子路慢慢往上绕。我们利用所携带的铁棒，相互帮助地往上爬。

应该说，叔叔一直在尽量地靠近我，时刻在关注我，多次用他那有力的臂膀给我以支持。至于他自己，他似乎天生就有一种平衡感，因为他从来没有摔倒过。那些冰岛人尽管重负在身，但他们以山里人特有的敏捷往上爬着。

我抬头仰望斯奈菲尔火山那高耸着的山峰，心想我们肯定不可能从山的这一侧爬上去的，除非前面的山坡不再像现在这样的陡峭。所幸的是，经过一个小时的艰苦跋涉，在覆盖于山腰上的大片积雪中，突然有一条阶梯状小路显现出来，这大大方便了我们的攀登。这是由火山喷发出的岩石流形成的一条道，当地人称之为“斯蒂纳”。如果这条岩石流在下坠的过程中没有被山坡的地形所阻挡，那么它就会一直冲向大海，形成新的岛屿。

这条小路可是帮了我们的大忙了。山坡更加陡峭，但这条阶梯式小路却方便了我们的攀登，甚至使攀爬速度加快，以致前面的人向上爬时只要我在后面稍稍停留片刻，就会被拉下很远，而且是越拉越远。

晚上 7 点钟时，我们已爬完了 2000 级台阶，居高临下地俯视着一座圆丘。斯奈菲尔火山的火山锥就耸立在这个圆丘上。

大海在我们脚下 3200 英尺的地方伸展着。我们已经在雪线以上。由于冰岛常年气候湿润，所以这这里的雪线都不很高。此地天气寒冷，而且风也很大。我已经气喘吁吁、疲惫不堪了。叔叔见我两腿不听使唤，尽管心里急着赶路，仍然决定停下来歇一歇脚。于是，他便以手示意汉斯等一等，可汉斯却摇头说：

"上去!"

"看来还得上去一点。"叔叔对我说道。

然后，他问汉斯为什么这样做。

"密斯都大风!"汉斯回答道。

"对，密斯都大风!"另一个冰岛人表情恐惧地重复了一句。

"这个词什么意思?"我焦急地问道。

"你瞧。"叔叔对我说道。

我朝平原望去，只见一道夹带着碎浮石、沙子和尘土的气流柱，像龙卷风一般盘旋升起。这道气流柱被风吹着向斯奈菲尔火山山坡袭击，而这恰恰是我们所处的位置。它就像是一块不透明的帘子，把太阳给遮挡起来，将巨大的阴影投在山上。如果龙卷风发生倾斜的话，我们将不可避免地被卷进去。当冰川上刮大风时，常常会出现这种现象，冰岛人称它为"密斯都"。

"快跟上！快跟上!"汉斯在呼喊。

我尽管并不懂丹麦语，但我明白这是要我们尽快地跟着汉斯。他开始朝着火山锥的后面绕过去，不过为了省力，他走的是一条迂回的线路。不一会儿，龙卷风就降临到山上，在它的撞击下，整座大山都在颤抖。被它卷起的石头如雨点般地飞舞着，好似火山爆发似的。我们刚好是在山坡的背面，没有遇上不测。如果不是向导汉斯的机警，我们必然难逃粉身碎骨的厄运，被碾成粉末，像一颗不知名的流星一样落到远方。

汉斯认为在火山锥的斜坡上宿夜相当危险，所以我们便继续弯弯曲曲地往上攀爬。我们花了将近 5 个小时才爬完剩下的那 1500 英尺。由于道路迂回曲折，弯来绕去，有时还得以退为进，所以我们爬了足足有 8 英里地。我很冷，肚子又饿，实在是坚持不了了。山上稀薄的空气使我感到憋闷。

晚上 11 点，我们终于在黑暗中抵达了斯奈菲尔火山的山顶。在躲进火山口之前，我看到了位于最低点的“午夜太阳”，它把它那苍白的光亮洒到我脚下的那座沉睡中的岛子上。

真正的探险

真正的探险之旅开始了。在这之前，我们所经历的更多的是劳累疲乏，而不是什么困难，可从现在开始，我们的脚下每时每刻都有困难产生。

我还没有看过一眼我即将进入的那个深不可测的火山通道，这个时刻就已经来临。此时此刻，我仍然可以决定究竟是参加探险，还是拒绝尝试。可是，我又怎能在汉斯面前表现出恐惧来呢？汉斯面对这次旅行表现得如此镇定、如此毫不在乎、如此藐视危险，以至于我一想到自己不如他勇敢，就感到脸红。如果没有别人，我会找出种种理由，加以推托，可是，面对向导汉斯，我却只能闭口不言。此时，我突然间想起了格劳本，于是，我便向中间的那条火山口走了去。

我前面已经说了，这个火山管的直径有 100 英尺，周长有 300 英尺。我站在一块凸出去的岩石上，弯腰往下看弯腰往下看，觉得毛骨悚然，感到一阵空虚。我觉得自己的重心在移动，恍若醉酒一般，头晕目眩。没有什么比这个深渊的吸引力更难以抗拒了。我摇晃着，眼看就要掉下去。突然间，一只手一把抓住了我——是汉斯！说到底，我在哥本哈根的弗莱瑟教堂钟楼上接受的“眩晕训练”还远远不够。

不过，话说回来，虽然我只瞅了这个深渊这么一眼，但对它的结构已经有所了解了。它的岩壁几近垂直，上有许多突出岩块，这对我们的下降非常有利，但是虽然我们不缺下去的梯子，然而却没有扶手。我们可以把绳子系在通道口，顺着绳索下去。但是，到了底下之后，又如何把绳子解下来呢？

叔叔用一个非常简单的办法解决了这个问题。他把一捆拇指粗的、长约 400 英尺的绳子解开来，先放下一半绳子，然后在突出的熔岩石上绕上一圈，再把另一半放下去。我们往下去时，同时抓住两股绳子，这样它就不会移动了。在下到 200 英尺处时，便放开绳子的一头，拉绳子的另一头，将它收回来，简直太容易了。这个过程可以循环往复，以至无穷。

“现在，”做完这番准备工作之后，叔叔说道，“来关心一下行李。我看，得把它们分成三包，各背一包。我这指的是那些容易碎的物品。”

看来，叔叔并没有把我们算在易碎品之列。

“汉斯，”叔叔接着又说，“您负责工具和一部分食物。阿克赛尔，你就负责武器和另一部分食物；我来背精密仪器和剩下的食品。”

“那么，”我说道，“衣服、绳梯等怎么办？谁负责把它们搬下去？”

“让它们自个儿下去。”

“怎么下？”我惊讶地问。

“你一会儿就知道了。”

叔叔经常爱使用非常手段，而且从不犹豫。他吩咐汉斯将所有不容易碰碎的物品集中在一个包裹里，捆成一包，结结实实的，扔下深渊去。

我听见空气流动发出的声响。叔叔弯腰往下探看，满意地看着行李下落，直到看不见了才直起腰来。

“好，”叔叔说，“现在该轮到我们下了。”

我想问任何一位诚实的人，听他这么一说，有不害怕的吗？

教授、汉斯和我分别背起装满仪器、工具和武器的包裹。我们开始依次下降：汉斯打头，叔叔紧随其后，我在末尾。我们屏声静气地在往下去，几乎不发出一点声音来，只有岩石碎片坠落下去时，才打破让人胆战心惊的寂静。

可以说，我是在往下掉。我一手拼命地抓紧两股绳子，另一只手用铁棒支撑着身体。我脑子里只担心一件事：固定绳子的岩石不会支撑不住吧？我觉得这绳子无法承受我们三个人及物的重量，所以我尽量少地利用它，我的手和脚努力地抓着那些凸出的熔岩石，并且在上面做着奇迹般的平衡动作。

走在前面的汉斯一旦发现脚下的石块有所滑动，便会平静地提醒道：

“小心！”

“小心！”叔叔也重复一句。

半小时后，我们到了一块深深地嵌入石壁的岩石面上。

汉斯抓住绳子的一头往下拉，绳子的另一头便往上升，越过上面凸出的岩石，再滑下来，不少石头和熔岩碎块也顺带着掉了下来，像雨点、冰雹似的纷纷落下，非常危险。

我站在那窄小的平台上俯身往下看，发现依然深不见底。

我们重新开始使用绳子，半小时之后，又往下走了200英尺。

我不知道在如此这般下降过程当中那些对地质学如痴如狂的人是否会试图对周围的地层性质做一番研究，反正我对此毫不关心。无论这些地层生成于什么年代，是上新世、中新世、始新世，还是白垩纪、侏罗纪、二叠纪，抑或是石炭纪、泥盆纪、志留纪，也不论它们是不是原成岩，这一切都和我无关。可是教授却显然在观察和记录，因为在一次短暂的休息中，他就对我说道：

“我越往下走，就越是有信心。这里的火山地层的排列完全为戴维的理论提供了佐证。我们此刻正在原始地层上。在这里，金属遇上水和空气就会燃烧，产生化学反应。我坚决反对地心存在热量的说法。这一点我们以后一定会明白的。”叔叔说道。

还是这个结论。大家知道，我一点都不想和他辩论。可是，他却把我的沉默当成了对他的赞同。我们继续在往下走。

我们走了将近3个小时了，火山通道还是深不见底。我抬起头，头顶的洞口越来越小，火山管的侧壁也在稍稍倾斜，逐渐靠拢。光也越来越少了。

我们仍旧在继续下降。根据从侧壁滑落的小石块发出的沉浊回声判断，我感觉到深渊底部已经离得不远了。

我留心计算了一下我们反复使用绳索的次数，确切地算出了我们所处的深度和所花的时间。

绳索被我们重复地使用了14次，每使用一次花费半个小时，因此，我们已经走了有7个钟头了。此外，我们还休息过14次，每次休息时间都是一刻钟，一共3个半小时。两者相加，应是10个半小时。我们是1点钟出发的，现在该是11点多了。

至于我们下降的深度，是14乘以绳子的长度200英尺，那么我们深入地下已有 2800 英尺了。

正在这时，汉斯突然喊了一声：

“停下！”

我猛然止住脚步，我的脚差点撞到叔叔的头上。

“我们到了。”叔叔问。

“到哪儿呀？”我边问边滑落到他的身旁。

“到垂直的火山管底部了。”

“难道没有其他出路了吗？”

“有！我隐约看到有一条向右倾斜的通道。明天再说吧，现在先吃饭，然后睡上一觉。”

洞里此刻尚有一丝光亮。我们打开食物口袋，吃了晚饭。饭后，大家便赶忙尽可能舒坦地躺在了熔岩和碎石铺就的床上睡去。

我睁开眼睛，脸朝天躺着。只见这长达 3000 英尺的火山管，仿佛是一个巨大的望远镜一般。在其末端，我看到一个发亮的东西。

那是一颗星星，但却没在闪烁，我估计那应该是小熊星座的 β 星。

接着，我便酣然入睡了。

身处海面以下一万英尺

早晨8点，一缕阳光把我们唤醒。它洒在火山管壁的成千上万个熔岩小平面上，如同无数的火星在闪亮，被反射到地上。

这点亮光足以让我们看清周围的东西。

“我说了吧，阿克赛尔，你看怎么样?”叔叔揉搓着双手大声说道，“你在科尼斯街家中睡得有这么踏实吗？这儿没有车马的喧闹，没有小商小贩的叫卖，没有船夫的漫骂!”

“是呀，在通道底下确实非常的安静，但这种安静令人害怕。”

“行了，”叔叔大声说道，“如果你现在就开始害怕了，那以后怎么办呀？我们还没有下到地心一英寸深呢!”

“这话什么意思?”

“我是说我们才刚刚下到冰岛的地面上。这条垂直通道通往斯奈菲尔火山口，它的底部基本上与海平面持平。”

“你肯定吗?”

“非常肯定。你看看气压表。”

果然，随着我们下降而一直在逐渐上升的水银柱停在了29英寸的刻度上。

“你看，”叔叔接着又说，“这儿才只有1个大气压，我真希望流体气压表能够立刻代替普通的气压表。”

确实，在空气重量超过在海平面测到的大气压时，普通的气压表很快就会失去作用。

“可是，”我说道，“难道我们不担心这种不断增大的气压会使我们受不了?”

“不会的。我们往下面走的速度非常缓慢，我们的肺会逐渐习惯于在密度更大的空气里呼吸。飞行的人在高空中会感觉空气稀薄，可我们却恰恰相反，会感到空气太多。不过我宁可这样。行了，别浪费时间了，快点走。我们先前扔下来的包裹在哪儿呀?”

经叔叔这么一提，我这才想起我们头一天晚上也找过包裹，但没有找到。叔叔又问汉斯；汉斯用他那猎人的目光仔细地看了一遍后说：

“上面!”

“上面。”

果然，包裹就落在上面的一块凸出的岩石上，离我们头顶有100多英尺。汉斯说完之后，立即像猫儿一样身手敏捷地蹿了上去，没几分钟工夫，包裹就回到了我们的手中。

“现在，”叔叔说道，“该吃早饭了，别忘了，我们还有很长的路要走。”

我们每个人都吃了一点饼干和干肉，喝了几口掺有刺柏子酒的水。

吃过早饭后，叔叔从口袋里掏出一本笔记本，把各种仪器一件件地拿起来，记下了上面的数据：

7月1日，星期一（原文如此，根据前后文，此处应为6月29日，星期一。）

时间：早晨8点17分

气压：29. 71英寸

气温：6摄氏度

方向：东南偏东

东南偏东方向是根据罗盘最后测定的，指的是我们要进入那条黑暗的通道。

“现在，阿克赛尔，”叔叔颇为激动地说道，“我们将真正进入地球的内部。这是旅行开始的确切时间。”

说着，叔叔一手拿起挂在脖子上的路姆考夫照明灯，另一只手把蛇形灯管通上电，一道强烈的光线立刻穿透黑暗的通道。

汉斯也拿起一只照明灯，把它点亮。这个对电学原理的巧妙运用使我们能长时间地在人造光线下行走，即使周围满是易燃气体，也不会造成危险。

“出发!”叔叔大喊一声。

我们随即各自拿起自己的包裹。汉斯推着前面的绳索和衣服包，我排在第三，我们走进了通道。

在进入这条黑暗通道的瞬间，我猛然抬起头来，通过巨大的火山管，最后看了一眼冰岛的天空，心想也许我再也看不到它了。

1229 年，这座火山最后一次喷发时，岩浆就是穿过这条通道，为自己开辟一条出路的。它在通道内壁上涂了一层又厚又亮的东西，灯光照上去会反光，使得通道内更加亮堂。

沿途最大的困难在于不能下滑得太快，因为斜坡的倾斜度大约有 45 度；幸好有一些凹凸不平的岩石以做我们的台阶。我们仍旧如先前一样，把行李系在长绳上，随行李一起往下滑去。

我们脚下的台阶其实是通道壁上的钟乳石。有些地方的熔岩上满是细小的孔，又小又圆，像小灯泡一样。不透明的石英水晶夹杂着纯净的玻璃珠，宛如水晶灯一般挂在穹顶上，仿佛在我们的路上闪闪发光。它们就像是守卫通道的精灵一样，特意点亮他们的宫殿，欢迎来自地上的客人们。

“太奇妙了，”我情不自禁地大声说道，“真壮观呀，叔叔！你看到这些由红褐色逐渐转为鲜黄色的熔岩层了吗？还有那些闪光小球，简直如同水晶一般!”

“啊！你也注意到了，阿克赛尔!”叔叔回答道，“啊！你也看出这很壮观了，孩子。我希望你还能看到其他壮观的东西，往前走吧。”

其实，他应该说“滑吧”更为确切，因为我们在这斜坡上毫不费力地滑着。这真的就像是维吉尔在《下地狱轻而易举》中所描述的一样。我不停地在看罗盘，它始终在指着东南。这说明这条通道是笔直地在延伸着。

但是温度却没有明显升高，这证明了戴维提出的理论是正确的。我不止一次惊讶地看温度计，我们下滑都 2 小时了，它还是指着 10 摄氏度，也就是说只增加了 4 摄氏度。因此，我觉得我们根本就不像是在垂直地往下走，还不如说是在水平地往前行。要想知道确切的深度，也并非难事。叔叔一直在准确地丈量路面的偏角与倾角，只是他始终没把他测得的结果告诉我们。

晚上8点左右，叔叔示意让我们停下。汉斯立刻坐了下来。我们把照明灯挂在了突出的岩石上。我们似乎是处于一个洞穴中，这里并不缺空气，反而能感到一丝微风。这是怎么回事？这些微风来自何处？我无心去寻求这一问题的答案。我筋疲力尽了，几乎丧失了思维能力。连续不断地往下走7个小时不可能不消耗大量体力。我筋疲力尽了。所以一看到叔叔示意停下，我非常高兴。汉斯把食物拿了出来，放在一块岩石上，大家美滋滋地吃了起来。可是，有一件事我很担心，我们带的水已经喝完了一半。叔叔原以为可以利用地下泉水加以补充的，可是迄今为止我们还没有发现地下泉水。我忍不住地提请叔叔注意这一点。

“没有地下泉水，你感到很惊讶吗?”叔叔说道。

“是呀，我甚至为此担心。我们剩下的水只够喝5天了!”

“你别担心，阿克赛尔，我敢保证，我们会找到水的，而且比我们所需要的还要多得多。”

“什么时候?”

“得等走出这熔岩层。泉水怎么可能从这些岩壁里喷涌而出呀?”

“可是，我觉得这熔岩流也许会延伸到很深的地方。我们可能没有垂直下降多深。”

“你根据什么做这样的假设?”

“如果我们下到地壳内部很深的地方，温度应该比现在的要高很多。”

“这不过是你的理论而已。”叔叔回答说，“现在温度计上标明的是多少度?”

“勉强15摄氏度，也就是说，我们开始下滑之后，温度只升高了9摄氏度。”

“那你从中得出什么结论呢?”

“我的结论是：根据最为确切的观点，在地球内部，每往下去100英尺，温度就要上升1摄氏度。不过，也有某些局部条件会改变这一规律，比如，在西伯利亚的雅库斯特，人们发现每往下36英尺，温度就会上升1摄氏度。这种差异明显取决于岩石的导热性能。还有，在死火山附近的片麻岩里，每往下走125英尺，温度只会上升1摄氏度。我们姑且以最后一种对我们最有利的假设为根据来计算。”

“算吧，孩子。”

“这太容易了，”我边说边在笔记本上把算式列出来，“125 英尺乘以 9 等于 1125 英尺深。”

“完全正确。”

“怎么样？”

“据我的观察，我们现在已经到达海平面以下 1 万英尺的深处了。”

“这可能吗？”我惊讶地说。

“当然可能，否则数字就不成其为数字了！”叔叔胸有成竹地说道。

教授的计算是对的。我们已经比人类所能到达的最深处，比如提罗尔（提罗尔是东阿尔卑斯山地区名，位于奥地利和意大利两国境内）的基茨布里尔（基茨布里尔，位于奥地利的提罗尔地区）矿区和波希米亚（波希米亚，地名，位于位于捷克共和国西部）的维尔腾堡（维尔腾堡，德国的一个地区名）矿区，都要深上 6000 英尺。

按道理，我们所处深度的温度应该是 81 摄氏度才对，可它却只有将近 15 摄氏度。这真是个非常值得思考的问题。

火山管道内的抉择

第二天是6月30日，星期二，上午6点钟左右，我们又开始继续往下走去。

我们仍旧沿着熔岩通道往下走。这是个名副其实的天然斜坡，如同老式房屋做楼梯用的斜木板一样的平缓。就这样，直到12点17分，我们赶上了汉斯，他刚刚停下。

“啊！”叔叔大声说道，“我们已经到了火山管的尽头了。”

我四下里看了看。我们处在一个十字路口的中央，有两条同样黑暗和狭窄的路伸向远方。到底往哪边走呀？这是个难题。

叔叔不想让我和汉斯看到他有丝毫犹豫，他用手指了指东面的坑道，于是，我们便钻入那条坑道里走了。

话说回来，两条道摆在面前，没有任何标志可以看出应该走哪一条，所以再犹豫也没有用，完全靠碰运气了。

这条坑道不像是太倾斜，不过，每一路段又各不相同。有时，我们会遇上一连串的拱门，犹如走进哥特式教堂的后殿，中世纪的建筑师可以研究到这一以尖形穹隆为骨胎的宗教建筑的所有形式。再往前行1英里，我们就会碰到一些罗曼风格的扁圆拱洞。我们必须低头弯腰才能过得去，那些插入石壁的巨大石柱在拱底石的重压之下都变得弯曲了。又有一些地方，这种情景则为一些低矮的结构所替代，如同河狸的杰作，迫使我们不得不爬着穿过这些狭窄的羊肠小道。

温度仍然维持在一个可以忍受的范围之内。我不禁在想，当时，斯奈菲尔火山爆发的时候，岩浆沿着如此宁静的通道磅礴而出的时候，这儿的温度会有多高！我还想到，这股汹涌的熔岩流在坑道的四角喷发出来的可怕情景，以及在这狭窄空间里炽热蒸气的那巨大的压力！

“但愿，”我心有余悸地在寻思，“这座古老的火山不要在沉寂了这么长时间以后突然心血来潮！”

我把自己的这些想法埋在了心间，没有告诉叔叔；告诉他，他也不会理解的。他唯一的念头就是前进。他走着，滑着，甚至是滚着，心里怀着一种令人钦佩的信念。

傍晚6时，一天下来，并不算太累地往南走了有5英里，不过，深度却勉强只往下了1/4英里。

叔叔示意大家休息，吃晚饭。吃饭的时候，没有多说话，饭后也没有多做思考，不一会儿，就躺下睡了。

宿夜的装备非常简单，大家都裹在旅行被里，它是我们唯一的卧具。我们既不用担心寒冷，也不用担心干扰。而且，这里也不像非洲沙漠或新大陆的森林，没有野人或猛兽，无需轮流守夜。

早晨醒来，神清气爽，精神焕发。我们又踏上了征途。和前一天一样，仍旧沿着熔岩坑道往前走着。我们无法辨认坑道所穿越的地层的性质。可是，坑道并非通往地心，而是水平地在延伸。而且，我还觉得它在微微地朝地面上升了一点。到了上午10点钟时，坑道往上延伸的情况已十分明显，这使我们感到十分劳累，只好放慢脚步。

“怎么了，阿克赛尔？”叔叔颇不耐烦地喊问我。

“我支持不住了。”我回答。

“什么？在如此平坦的路上才走了3个小时！”

“路的确是很平坦，可却非常累人。”

“累人？你可是在往下走啊！”

“请别见怪，是在往上！”

“往上！”叔叔不屑地耸了耸肩膀说。

“没错，是往上。斜坡在半个小时前就发生了变化，如果继续这么走下去，我们就又回到冰岛的地面上了。”

李登布洛克教授不服气地摇了摇头。我还想往下说，但他却不予理会，示意我们继续往前走。我明白他是在强压着怒火，所以才没有说话。

我勇敢地背起沉重的行李，紧紧地追着汉斯而去；汉斯已经落在我叔叔的后面了。我快步紧追，生怕自己落得太远，不让同伴们从我的视线里消失。想到在这个深不可测的迷宫里迷失方向，我就不寒而栗。

此外，尽管上坡道走起来吃力，但一想到它将把我们带上地面，心里不免感到很欣慰。我心里正抱着这份希望，而且，每走一步，它就得到一次证明。一想到我很快就要与亲爱的格劳本重逢了，我有说不出的喜悦。

中午时分，坑道侧壁的外貌有所变化，它所反射出的照明灯光已越来越暗了。它已不再是熔岩层，而变成了裸露着的岩石层。构成石壁的岩石层倾斜着，而且常常是垂直排列。我们到达的是地质上的过渡时期——志留纪，因为这一时期的地层在英国分布极其广泛所以如此命名。（这些地方以前是被一个名为志留的克尔特民族居住的。——原作者注。）

“很明显，”我大声说道，“这些板岩、石灰岩和砂岩都是在第二纪时由于水的沉渣而形成的。我们正在离开花岗岩石壁了。我们如同一些汉堡人似的，明明要去卢卑克，走的却是去往汉诺威（汉诺威和卢卑克都是德国的城市名，分别位于汉堡的南面和东北面）的路。”

我本不该把这些话脱口而出的，可是我的地质学家脾气胜过了我的谨慎。李登布洛克叔叔听见了我的叫喊。

“怎么了？”他问。

“你看。”我指着那一连串变化丰富的砂岩、石灰岩和板岩地层的最初标记回答道。

“那怎么了？”

“在我们现在所处的地质时期，出现了最早的动植物！”

“哦，你这么认为？”

“你自己看、自己观察、自己判断吧！”

我让叔叔举起照明灯对着坑道石壁来回地照了一番。我以为他会突然顿悟，大叫一声，可是他却一声未吭，继续在往前走。

他这究竟是怎么回事呀？是他出于叔叔和学者的自尊而不愿承认自己走错了坑道？还是决心要对这条坑道探个彻底？显然我们已经离开了熔岩通道，而这条路是不会把我们引向斯奈菲尔火山的核心部位去的。

不过，我也在问自己是否过于看重地层的变化了，是不是我自己弄错了呢？难道我们现在所走过的岩石层真的仅是覆盖在花岗岩石壁上的一层表层吗？

“如果我没说错，”我心里在琢磨，“就应该能找到一些原始植物的碎片，让事实来说话！找吧！”

我走了还没有 100 步，便发现了毋庸置疑的证据。这个证据十分确凿，因为在志留纪，海水中生活着 1500 多种动植物。我的双脚已经习惯了坚硬的熔岩地面，可现在我却踩到了一堆植物和贝壳类动物的遗骸碎片上。石壁上墨角藻和石松的痕迹十分清晰。李登布洛克教授不会没看见这些明显的证据的，可他故意视而不见，仍旧迈着均匀的步伐在往前走。

他的固执已见也太过分了，我再也按捺不住了。我在地上捡起一只保持得十分完好的甲壳，它曾属于一种与现今的鼠妇相似的动物。我拿着它赶到叔叔面前说：

“你看，叔叔。”

“这个呀，”他声色不动地说道，“这只是三叶虫纲中已经绝迹了的一目甲壳动物的外壳，仅此而已。”

“这难道不能由此推论出……”

“推论出与你一样的结论？不，我完全可以赞同你的结论，我们已经走出了花岗岩层和熔岩喷发的那段通道。我也许确实是选错了道，可是，我只有在到达这条坑道的尽头之后，才能最后确定我真的是错了。”

“你说得对，叔叔。如果我们没有受一个与日俱增的危险的威胁。我也一定会赞同你的。”

“什么威胁？”

“缺水。”

“那么，从现在起，我们就限量饮水，阿克赛尔。”

遇见地下煤矿

我们的确得限定饮水量了。在吃晚饭的时候，我得知我们的饮用水只够维持 3 天的。更让人绝望的是，我们几乎无法在这过渡时期的地层里寻找到水源。

第二天，坑道在我们的脚下展现着无穷无尽的拱门。我们全都默默地在走，汉斯的沉默寡言好像传染给了大家。

这条道倒是没有往上升，至少上升得不明显，有时甚至还显得有点在往下倾斜，只是倾斜得并不厉害。这种趋势并不能使教授放心，因为地层的性质并没有改变，而过渡期的特征却表现的越来越明显。

照明灯的光亮把石壁上的板岩、石灰岩和古老的红砂岩照得熠熠生辉。我们恍若身在德文郡的（德文郡，是英国的一个地名，位于英格兰西南的英吉利海峡和布里斯托湾之间。该郡的泥盆纪地层最早得到研究，故外文中的“德文”一词也可解释为“泥盆纪”）露天坑道之中。（德文郡这个名字也被用来命名这类泥盆纪地层。）岩壁表面常常可见一层美丽的大理石覆盖着，有的呈玛瑙灰色，并且带有参差而鲜明的白色纹理；有的呈肉红色，或是夹有片片红色的黄色；远处还有一些是深色的红纹大理石，里面的石灰岩色彩鲜艳，非常夺目。

这些大理石大多都带有原始动物的痕迹。从前一天起，造物有了明显进步，我看到不再是简单的三叶虫，而是一些结构更加完善的动物残骸，比如硬鳞鱼以及古生物学家认为系最早出现的爬行动物的蜥蜴龙等。在泥盆纪的大海里，栖息着大量的这类动物，它们后来都成千上万地沉淀于新生代时期的岩石上了。

显然，我们在沿着动物系统树往上走，而占据着系统树顶端位置的就是我们人类。可是，李登布洛克教授似乎对此并不关心。

他等待着两件事：或者遇上一条垂直坑道，使他能继续往下去；或者被一个障碍挡住，无法继续前进。然而，天色已晚，他的期待仍然未能见到结果。

当天晚上，我开始口渴的厉害。第二天，星期五，我们一行三人又重新闯进了弯曲的坑道。

10 个小时之后，我观察到岩壁上反射的灯光在奇怪地减少。石壁上的大理石、板岩、石灰岩和砂岩渐渐地被一种黯然无光的岩层所替代了。在坑道的一个狭窄的地方，我身子靠着左边的岩壁。

当我把手收回来时，发现自己手竟然被弄得黑糊糊的。我仔细地观察了一下：原来我们周围全是煤！

"这儿是个大煤矿！"我大呼一声。

"一个没有矿工的煤矿。"叔叔回答道。

"咳！那谁知道呀？"

"我知道，"叔叔语气短促地说，"我敢断定，这条穿越煤层的通道并非人工挖成的。不过，它究竟是不是自然的杰作，这一点并不重要。该吃晚饭了，我们先吃饭吧。"

汉斯准备了一些食物来。我只勉勉强强地吃了点，喝了分配给我的那几滴水。汉斯的壶里还剩半壶水，这就是可供我们 3 个人解渴的全部剩水了。

晚饭后，叔叔和汉斯便钻进了各自的被子里去了，以睡眠来消除疲劳。可我却怎么也睡不着，数着时辰挨到了天亮。

星期六，早晨 6 点，我们又出发了。走了将近 20 分钟的样子，我们见到了一个很大很大的洞穴这时候我才承认这个煤洞不可能靠人工挖出来，否则洞穴的穹顶就会有柱子支撑着了，而事实上，支撑着穹顶的却是一种神奇的平衡力。

这个洞穴有 100 英尺宽，150 英尺高。地层由于剧烈的地下震动而裂开。土块在巨大的推力之下，四分五裂，留下了这个阔大的空间。地球上的居民还是第一次到达这里。

在洞穴那黑暗的石壁上，镌刻着石炭纪的全部历史，地质学家可以毫不费力地看出其不同时期的特征。煤床被沙石或细密的页岩分开，好像受到上层岩层的重压。

这个时期要比中生代早。当时，由于炎热和不断袭来的潮气的双重作用，地球上存在着许多的巨型植物。但是，当时在地球周围有一个水蒸气层，把太阳的光线吞噬殆尽。

由此得出的结论是：地球上的高温并不是源自太阳这个新生的巨大火炉，也许当时这颗恒星还没有做好发光的准备呢。在那一时期，地球上尚无所谓的气候，在两极同在赤道一样，都是一片酷热。那么，那么这些热量来自何处？无疑是发自地球的内部。

与李登布洛克教授的理论相反，地球内部蕴藏着大量的热能，人们甚至可以在地壳的最外层感受到它的作用。植物因无阳光照射，既不开花也没有香味，然而它们的根却深扎在古老而炙热的地层里，拼命地在汲取生命力。

树木很少，只有一些草本植物，而且草地、蕨类、石松和封印木却遍布各处，望不到边。这些植物属于稀有植物，现今都不算太多，可在当时，却有成千上万。

煤就是起源于这些茂盛的植物。当时的地壳具有伸缩性，由于地球内部液体的流动，形成了许许多多的沟隙和凹陷。植物大面积地被淹没在水下，逐渐形成了巨大的矿体。这时，自然界的化学作用开始介入。植物矿体先变成泥炭，然后在气体的影响下，由于发酵而完全矿化，因而形成了巨大的煤层。

但是，如果工业国家的人民不加注意、对它们过度开采的话，说不定用不了 300 年，这些煤层便会被采尽、耗光。

我一边在思索，一边在继续观察这一部分地层里丰富的煤矿藏。也许永远也不会有人来开采它们，因为开采这些深层煤层要花费的代价太昂贵了。何况既然许多地方的地表都蕴藏着大量的煤，何必要开采这么深的煤矿呢？所以我在想，这些煤层势必永远保持原样，直到世界末日。

我在继续往前走。在我们 3 个人当中，只有我因沉浸在对这些地质状况的思考之中，忘掉了道路的漫长。与我们穿越熔岩和板岩的时候相比，气温没有丝毫变化。可是，我显然感到自己嗅到了一股原始碳氢化合物的气味。我立刻意识到，坑道里存在着大量的被矿工称之为瓦斯的危险气体，它的爆炸经常造成可怕的灾难。

幸好，我们没用火把照明，这真得感谢路姆考夫的伟大发明，否则，不幸地举着火把在这条坑道里勘探的话，那么可怕的爆炸不仅会结束这次旅行，而且也将终结所有的旅行者。

我们在煤层中一直走到晚上。叔叔在尽量克制着水平延伸的道路给他带来的焦躁不安。四周仍然是一片漆黑，20 步开外就什么也看不清了，根本无法估计坑道的长度。我开始觉得这条坑道是无穷无尽的。可是到了 6 点钟，突然间，前面出现一片石壁挡住了去路，而且上下左右都未见有通道。我们到了死胡同的尽头了。

“好极了，”叔叔大声说道，“我至少知道该怎么办了。我们走的不是萨克努塞姆所走的路，所以只能返回了。先休息一晚，明天往回返，3 天内就可回到那两条坑道交叉的地方了。”

“是呀！”我说道，“如果我们还有力气的话。”

“为什么会没有力气呢？”

“因为明天我们将完全断水。”

“因此就该丧失勇气吗？”叔叔严厉地瞪了我一眼说。

我没敢再吭声。

没有水的折磨

第二天一大早我们便出发了。我们必须抓紧时间，因为距离两条坑道交叉的地方还有5天的行程。

我不想总去描述往回走所受的罪。叔叔以一个并不坚强的人的愤怒忍受着这种痛楚；汉斯仍一如既往，平静地走着。至于我，应该承认我一直在绝望地抱怨；我根本没有心事和这个厄运抗争。

正如我所预料，走完第一天的行程，水已经喝完，只剩下刺柏子酒了。可这种烈酒灼人喉咙，我看着它都觉得不寒而栗。我觉得气温高的令人窒息，简直是举步维艰。好几次我差点晕倒，失去知觉。于是，叔叔和汉斯只好停下休息，尽量地安慰我，给我鼓劲儿。但我也注意到，我叔叔也在艰难地忍受着极度的疲乏与口渴的折磨。

7月7日，星期二，我们手脚并用，终于半死不活地爬到了那两条坑道的交叉口。我就像是一堆无生命的东西，瘫在熔岩地上。这时已经是上午10点钟了。

汉斯和叔叔倚靠在石壁上，想咀嚼点饼干。我的嘴唇肿胀得很厉害，在不断地发出呻吟声，已经不省人事了。

过了一会儿，叔叔走近我，把我抱在怀里：

“可怜的孩子！”他以充满怜悯的口气轻声说。

我从未见这位粗暴的教授竟会如此温柔，所以隐隐约约地听到后，不禁感动不已。我抓住叔叔那颤抖的双手，他不反抗，只是眼睛湿润着，看着我。

我看见他拿起背在身上的水壶，出乎意料地将水壶凑到我的唇边，说道：

“你喝吧。”他说。

我是不是听错了？叔叔是不是疯了？我简直不想听懂他的话。

“你喝吧。”叔叔重复了一句。

他边说边举起水壶，把壶里的水全部倒进我的嘴里。

啊！多么甘甜的水啊！这口水顿时浸润了我那火烧火辣的喉咙。尽管只是一口水，但它足以唤醒我那正在离去的生命。

我双手合十，感谢叔叔。

“是呀，”叔叔说，“一口水！最后的一口，你听见没有？唯一的一口了！我一直把它珍藏在水壶里。我一再地抵御那要把它喝掉的强烈引诱。知道吗，阿克赛尔？我这是专门替你留着的。”

“叔叔。”我喃喃地说，眼里的泪水不禁流了出来。

“是的，我可怜的孩子，我知道往回走到两条坑道交叉口时，你会半死不活地倒在地上，所以才留着这口水救你。”

“谢谢叔叔，谢谢叔叔。”我一再说道。

尽管只是一口水对我的干渴来说只是杯水车薪，但我毕竟恢复了点体力。一直紧绷着的喉咙上的肌肉，总算松弛了点，嘴唇的烧灼感也减轻了点，我可以说话了。

“我看，”我说道，“我们现在只有一条路了：我们没有水，只能返回。”

我说这番话的时候，叔叔一直不看我，他低着头，眼光避免和我接触。

“必须回去，”我提高嗓门儿说道，“回到斯奈菲尔火山的那条路上去。愿上帝赐予我们力量，让我们能够回到火山口去！”

“回去！”叔叔说，仿佛他不是在回答我，而是在回答他自己。

“对，回去，一刻也不要耽搁。”

大家沉默了相当长的一段时间。

“这么说，阿克赛尔，”叔叔用一种奇怪的语气说道，“那口水并没有让你恢复勇气和力量吗？”

“勇气？”

“我看你仍和先前一样丧失了勇气，说着绝望的话！”

我这是在同一个什么样的人打交道？他脑子里又在考虑什么大胆的计

划了？

“怎么？你不想回去？……”我不禁问他道。

“让我在看到成功希望的时候放弃这次探险，这办不到！”

“那么我们只有死路一条了。”

“不，阿克赛尔，不！你得回去，我不想让你死在这里。汉斯会陪你回去。我一个人留下来。”

“你让我抛下你？”

“别管我，你赶紧离开吧。我已经开始了探险之旅，就得把这个旅程走完，否则决不回去。你回去吧，阿克赛尔。走吧。”

叔叔说这番话的时候情绪非常激动。他的声音曾经柔和了一阵，现在却又变得生硬而严厉了。他在以一种可悲的毅力和不可能办到的事情抗争！我不忍心把他一个人撇在这个深渊里，可是另外一方面，自卫的本能在促使我离开他。

向导汉斯仍旧平静地看着我们两个人的争论。他从我们两人说话的表情和手势知道我们在争些什么，我们的手势清楚地说明了彼此试图让对方走的两条不同的道路。但他好像对这个也关乎他的生死存亡的问题漠不关心。他只等着听候其雇主的命令，只要主人叫他出发，他就会出发，而只要主人稍微有一点留下来的意思，他就会留下来。

要是现在我能得到他的理解该有多好！我的话语、我的呻吟、我的语气应该打动了这个冷漠的人。他像是尚未意识到我们的处境有多么危险，但我是能让他感觉到，让他弄明白的。我和他联起手来，也许就能让冥顽不化的李登布洛克幡然悔悟的。必要时，我们甚至可以采取非常手段逼他就范，强逼他回到斯奈菲尔火山口去。

我走近汉斯，把手按在他的手上。他动都没动一下，好像没有反应似的。我指给他看上方的火山口，他对。我气喘吁吁，面带痛苦的表情无动于衷。汉斯摇了摇头，平静地指了指叔叔：

“主人。”他说。

“主人？”我大声地说道，“你疯了！他没有权利主宰你的生命！我们必须逃回去！必须把他也拉回去！你听见没有？懂我的话吗？”

我抓住汉斯的胳膊，想强迫他站起来。我俩争执着。这时，叔叔插话了：

“行了，阿克赛尔，安静点吧。你是无法从这个无动于衷的向导那儿得到什么的。你还是听听我说的建议吧。”

我交叉着双臂，看着叔叔。

“我们实现计划的唯一困难就在于缺少饮用水，”叔叔说道，“东边的这条坑道是由熔岩、板岩和煤层组成的，在那里我们连一个水分子都没有找到。如果我们往西面的这条坑道走，可能会更幸运些。”

我摇了摇头，一脸的不信任。

“你听我说完，”叔叔提高了点嗓门儿继续说道，“你在这儿一动不动地躺着的时候，我把这个坑道的构造仔细地观察研究了一番。它直接伸入地球的深处，很快就能带我们走到花岗岩层，到了那儿，就应该有大量的泉水的。这是岩石性质所决定的，我的直觉和事物的逻辑都将证明我的想法是正确的。所以我要向你提一个建议：哥伦布要求他的船员再给他 3 天时间寻找新大陆，尽管船员们疾病缠身、充满恐惧，但他们还是答应了这个要求，结果他发现了新世界。我就是今天地下世界的哥伦布，我只要求你再给我 1 天的时间。如果过了这一天，仍然找不到所必需的饮用水的话，我向你保证，我们立即返回地面。”

尽管我十分恼火，但仍不禁被叔叔的这番话及其坚毅的精神所感动。

“那好吧，”我大声说道，“但愿天从人愿，但愿上帝奖赏您这个具有超凡毅力的人。不过，您只有几个小时可以碰碰运气了，快上路吧。”

依然没有水的花岗岩洞

我们立即沿着另一条坑道往下走去。汉斯和往常一样走在前头，教授用灯在石壁上照来照去。走了还不到100步，叔叔突然喊道：

“这些是原始岩石！我们走对了路！走吧！走吧！”

地球在诞生的初始阶段，逐渐冷却的过程中，体积在渐渐变小，这造成了地壳的错层、断裂、收缩和缝隙。我们现在所走的这条坑道就是这样形成的，它是从前火山爆发时花岗岩浆的喷射通道。通道里成百上千个转折在这块原始土地上构成了一个错综复杂的迷宫。

随着我们的下降，构成原始地层的一系列曲线更加清晰地展现在眼前。地质学将这种原始地层视作矿物层的基础，并且认为它是由板岩、片麻岩和云母片岩构成的。这3种不同的岩石层在一种十分坚固的岩石上，这种岩石就是花岗岩。

此外，从未有哪个矿物学家能有幸来到这么美妙的环境中对自然进行实地观察。再完善再强大的探测器也无法把所有有关地球内部结构的情况带回到地面上来，可我们几个人却能亲眼目睹、亲手触摸。

在漂亮的而泛着微绿的板岩层中，有一些发光的矿脉蜿蜒曲折地伸展着，那是铜、锰以及微量的黄金、白金矿脉。我在想，贪婪的人类永远也无法享受这些埋藏在地球深处的财富。由于地球早期的变动，它们被埋得很深很深，以至于无论是用锄头还是洋镐都不可能将它们挖出来。

板岩之后是层状结构的片麻岩，它们的薄层纹工整而平行。再往下去，便可见到云母片岩，呈薄片形状排列，在闪闪发光的白云母的衬托下格外显眼。

照明灯光照射到岩石的小平面后反射回来，呈各个角度相互交叉，令我恍如置身于一颗空心的钻石当中，里面的光线来回折射，叫人眼花缭乱。

6点钟左右，这个光的聚会明显地减弱，甚至停止了。岩壁呈现出一种昏暗的水晶色调。云母更加紧密地混杂在长石和石英当中，形成一种特别坚硬的岩石，在承受着地球4个地层的重压，但却并未被压垮。我们仿佛是被关在一座巨大的花岗岩监狱里。

晚上8点，仍未见到有水，我忍受着折磨。叔叔仍在前面走着，不想停下脚步，他伸长耳朵，希望听到泉水的潺潺声。但是，什么也没听见！

我的两条腿已经拖不动我的身子了。为了不影响叔叔，我只好咬着牙，强忍着。对他来说这会是绝望的打击，因为最后一个属于他的日子正在结束。

我终于用尽了力气，失声大叫一声，随即晕倒了：

“救命呀！我要死了！”

叔叔听见我的呼救，立即折返身来。他双臂搂抱着，注视着我，随即从嘴里发出这样一句沉闷的话来：

“全完了！”

我最后看了一眼他那可怕而愤怒的手势，接着就闭上了眼睛。

我重新睁开双眼的时候，看到我的两个旅伴一动不动地裹在被子里。他们睡着了？我可是一点也睡不着。我心里好生难过，尤其是一想到自己病了，不知是不是好得了，更加不是滋味。叔叔刚才说的最后一句话在我耳边回响：“全完了！”因为在身体如此虚弱的情况下，要回到地面上去简直是不可想象的事情。

地壳有将近4英里厚！我觉得它的全部重量就压在自己的身上，我快要被压扁了，简直让我透不过气来，就连在花岗岩石床上翻个身都要花很大的力气。

就这样，几个小时过去了。死一般的沉寂笼罩着我们。这里的石壁最薄的也得有5英里厚，因此根本听不到石壁另一面传过来的声响。

可是，我昏昏沉沉中仿佛听见了什么动静。坑道里漆黑一片，我使劲睁大双眼，拼命地看着，隐隐约约看见向导汉斯拿着一盏灯走了。

他为什么走呀？难道他要抛下我们？叔叔仍在睡着。我想喊叫，可是我那干涸的嘴唇根本发不出声音。四周愈发地黑了，现在什么声音都没有了。

“汉斯抛下我们走了！汉斯！汉斯！”我在心中无声地呼喊着。然而，最初的一阵恐惧过去了之后，我不禁感到羞愧难当。到目前为止，汉斯的品行没有任何可疑之处。他并没有往上走，而是在往下走去。如果他心术不正的话，那他应该是往上走，而不是往下。这么一想，我心里踏实了许多，思绪也转到了另外一个方面。汉斯是一个性格沉静的人，只有非常重要的原因才能打断他的休息。他是不是发现了什么？是不是在夜深静谧之中听到了什么我并未听到的细微的声响？

汉斯小溪

整整一个小时，我近乎错乱的脑子里一直想着促使这位安静的向导离开我们的原因。我的思想混乱不堪，脑海中浮现出各种各样的荒谬想法。我想我可能是快要发疯了！

我终于听到深邃的坑道里传来了一阵脚步声响：汉斯出现了。他拿着的照明灯的光亮摇曳不定地照在石壁上，然后从坑道的洞口照射出来。

他走到叔叔身边，把手放在他的肩上，轻轻把他摇醒。叔叔坐了起来。

“什么事？”叔叔问道。

“水。”汉斯用丹麦语回答道。

说实在的，在巨大痛苦的启发下，每个人都能听懂好几种语言。尽管我一个丹麦词都不会，但凭着直觉，我猜出了他说的是什么。

“水！水！”我边拍手边叫，像个疯子似的手舞足蹈。

“水！”叔叔重复了一遍，然后转向汉斯问道，“在哪儿？”

“下面。”汉斯回答道。

在哪儿？下面！我什么都明白了。我一下子把汉斯的手紧紧抓住，用力握住，而他只是静静地在看着我。

准备工作很快就绪，不一会儿，我们就重新在坑道里前进了；每往前走 3 英尺，坑道就会往下倾斜一英尺。

走了一个钟头，我们走了 6000 千英尺，下降了 2000 英尺。

正在这时，我清晰地听到从侧面的花岗岩石壁传来一种陌生的声音，有点像是远处的雷鸣。可是走了半个小时之后，我仍旧没有看见汉斯所说的泉水，因此我又不免焦虑起来。这时候叔叔告诉了我声音的源头。

“汉斯没有弄错，”叔叔说道，“你现在听到的正是水流的声响。”

“毫无疑问，这附近有一条地下河！”我高兴地回应道。

我们因希望而感到极度兴奋，我们立刻加快了脚步，我忘记了疲劳。这淙淙的流水声让我清醒，振奋，劲头十足。水声越来越大。它在我们头上流了很长一段时间，现在已在左面石壁中奔腾咆哮了。我不停地用手去摸石壁，希望岩石上能摸到点水迹或湿气。可是什么也没摸着。

过了半个钟头，我们又走了一英里半。

显然，汉斯刚才离开我们独自去寻水源，没能比现在走得更远。凭着一个山里人、一个渴望寻到水源的人的直觉，他透过石壁，“感觉”到了有水在岩壁中流淌。但可以肯定的是他并没看到这珍贵的流水，也没有在那里开怀畅饮。

一会儿过后，我们确确实实地感觉到，越往前走，离开泉水反而越远，因为水流声正在逐渐减弱。

我们立即折返回来。汉斯在离水流最近的地方停下了脚步。

我靠着岩壁坐了下来，水就在离我 2 英尺开外的地方湍湍地流。这该死的花岗岩石壁把我们与甘泉隔了开来！

我未加思考，我想不出有什么办法可以搞到这些水，又陷入无奈和绝望之中。

汉斯在看着我，我似乎看到他嘴边浮起了一丝微笑。

他站起来，拿起照明灯。我跟在他的后面，朝着石壁走去。我注视着他。他把耳朵贴在干燥的岩石上，一边慢慢地移动，一边仔细地听着。不用说，他是在寻找哪儿的水声最响。最后，他终于发现这地方就在离地面三英尺高的左侧壁上。

我兴奋至极！我甚至不敢猜测向导打算干什么。可是，当我看见他举起镐来，准备往岩石上凿时，我立刻明白他想怎么做了，于是我跑过去拥抱他，为他鼓掌。

“有救了！有救了！”我叫道。

“对，有救了！”叔叔也疯狂地在大声地喊道，“汉斯没有弄错！啊！聪明的向导！我还真没想到这个办法哩！”

叔叔说得对，尽管汉斯的办法非常简单，可我们是不会想到它的。用镐去凿地球的骨架，这实在是太危险了！万一塌方，我们都会被压死！湍急的水流穿过岩壁，喷涌而出，我们也难逃被淹死的厄运！但是，无论是塌方还是水淹，任何恐惧都无法阻止我们：我们实在是太渴了，为了解渴求生，我们甚至可以一直挖到大西洋的海底！

汉斯动手凿了起来。这个活儿只有他可以去干，我和叔叔都不可以干，因为我们都太性急了，一镐下去，准会把岩石砸得粉身碎骨。可是向导却显得很平静、很温和，他不断地轻轻敲击着岩石，将它凿薄，渐渐地在岩壁上凿出一个约有6英寸宽的口子。只听见水流的声音在加大，仿佛已经感觉到滋润的泉水溅上了嘴唇。

不多久，十字镐已经在花岗岩石壁里面凿进去有2英尺了。汉斯这么连续不停地凿了有一个多钟头。我急死了！叔叔准备亲自动手，我拦都拦不住他。正在这时候，突然听见一阵尖锐的鸣叫：裂口中喷出一股水柱，直射到对面的岩壁上。

汉斯差点儿被这股水柱给冲倒，但他已经被水柱击中，疼得他大叫一声。当我把手伸到水柱里，也大叫了一声。这时候我才明白汉斯为什么会不堪疼痛：水是滚烫的。

“这是沸水！”我叫道。

“嗯，它会冷却的。”叔叔回答道。

坑道中蒸气弥漫，一条小溪正在形成，并蜿蜒流淌，消失到地下深处去了。没过多久，沸水冷却下来，我们喝了第一口泉水。

啊！多美的享受！这种快感真是无可比拟！这是什么水？源自何处？这并不重要。虽然水有点热，但毕竟喝了之后，挽救了我们垂死的生命。我不停地猛喝，甚至忘了再去品尝它的味道了。

我尽情地不停地喝了足足有一分钟，然后我大声喊道：

“水里含有铁质！”

“这对胃很有好处，”叔叔说道，“这水矿化程度很高，我们这次旅行可以和斯巴（斯巴：是比利时的一个小镇，位于阿登山区，以含有丰富铁质和碳酸氢盐的矿泉水而闻名）或托朴里茨（托朴里茨：位于波希米亚的一处温泉）之旅相媲美！”

“啊，太棒了！”

“的确如此，这是源自地下5英里深处的水。有点墨水味儿，可并不令人讨厌。这股甘泉水是汉斯为我们寻找到的。因此，我建议以汉斯的名字来命名这条有益健康的小溪。”

“好！”我赞同道。“汉斯小溪”这个名字立刻被采用了。

汉斯并未因此而沾沾自喜，洋洋自得。他恰如其分地喝了些水之后，便像平时一样地平静地倚在一个角落里。

“我看，我们不能让这水就这么白白地流掉了。”我说道。

“流走又怎么样？这个泉水也不会枯竭的。”叔叔说道。

“管它呢！让我们把水壶全部灌满，然后把裂口堵上。”我提议道。

我的提议被接受了。汉斯试图用花岗岩碎块和扯乱的麻绳堵裂口，但未能奏效。尽管我们烫着了手，可还是没能成功；水的压力太大了，我们的努力徒劳无功。

“从水柱的冲力来看，这条地下河的水面肯定位于很高的地方。”我分析说。

“这是肯定的，”叔叔也说，“这水柱约有 3．2 万英尺高，那么，它的压力恐怕有 1000 个大气压。不过，我倒有一个主意。”

“什么主意？”

“我们为什么一定要将裂口堵上呀？”

“因为……”我的确想不出理由。

“等我们水壶又喝光了之后，你能保证还有机会把它们灌满吗？”叔叔问我。

“当然不能。”我回答道。

“那就让它这么流好了。它会自然地往下流去，正好替我们又指路又解渴呀。”

“真是个好主意，”我欢叫道，“有了这条小溪流，我们没有任何理由不实现我们的计划。”

“啊，你总算开窍了，我的孩子。”叔叔高兴地说。

“我不仅明白，而且还清醒得很。”

“等一等！我们还是先休息几个小时吧。”

我真的已经忘了现在已是夜晚了。是计时器提醒了我。我们随即吃完晚饭，香甜地躺下睡去。

到达海底

第二天，我们已经完全忘记了先前的艰难困苦了。我起先很奇怪自己怎么不口渴了，而且在寻找原因。脚下小溪的潺潺声回答了我。

我吃完早饭，又喝了既清纯可口又富含铁质的水，觉得浑身是劲儿，精神十分振奋，决心走得更远。有汉斯这样能干的向导，有我这样“坚决”的侄子，叔叔这个自信的人还会有什么做不成功的事呢？我满脑子是这些美好的想法，那是必定成功的希望。如果有谁此刻向我提出回到斯奈菲尔火山顶上去，我一定会生气地拒绝他的。

不过值得庆幸的是，我们只是在下降。

“我们走吧！”我叫嚷道。我的满怀激情的声音在这古老的地球内部回荡着。

星期四，上午8点，我们又出发了。曲折蜿蜒的花岗岩坑道经常出人意料地拐弯，宛如走在迷宫中一样。不过，总的来说，它一直是伸向东南方的。叔叔始终在注意手中的罗盘，以了解我们前进的方向。

坑道几乎是水平地延伸着，每前行6英尺，顶多下降2英寸。小溪在静静地缓慢流淌着。我把它当做指引我们穿越地球的亲密的精灵，不时地伸出手去轻抚那温情的溪水，听它的歌声陪伴我们的步伐。我神话般地开始有了一个好心情。

至于叔叔，他是个“崇尚垂直的人”，所以不停地诅咒着这水平的坑道。路在他的脚下无尽地延伸着，按叔叔的话来说，这坑道并不是顺着地球的引力线垂直往下去，而是像直角三角形的斜边一样在往下滑。但我们别无选择，只有顺着它走，只要是往地心去，不管有多慢，我们都不应当抱怨。

可是，有的时候，斜坡会突然间变陡；小溪便呼啸着滚滚而下，我们也随着下到更深的地方去了。

总起来说，这一天和第二天，我们走很许多水平坑道，下降得不算太多。

7 月 10 日，星期五晚上，我们应该是到了离雷克雅未克东南 75 英里的 6. 25 英里深的地下。这时，我们的脚下出现了一个可怕的深井。叔叔赶忙测量了一下它的倾斜度，不禁拍手大笑。

“哈哈！这斜坡可以顺利地把我们带到遥远的地方去，”他兴奋地大声说道，“因为凸出的岩石可以做我们的阶梯！”

汉斯很快把绳索弄好，以防不测。我们开始下降。我不应该说这很危险，因为我已经习惯了这种下行方法。

这口深井实际上是巨型岩石上的一条狭窄的裂缝，属于“断层”的一类，显然是由于地球在冷却过程中收缩而形成的。虽然它曾是斯奈菲尔火山喷发时熔浆流的通道，但使我百思不得其解的是，怎么一点喷发物的痕迹也没有呀？我们沿着一条类似螺旋形楼梯的道路往下走，它简直如同人工斧凿出来的。

每往下走一刻钟，我们就要停下来休息片刻，让腿上那紧绷着的肌肉松弛一下。这时候，我们便往突岩上一坐，腿脚悬着，边吃东西边聊天，同时还享用着溪水。

当然，在这断层地带，“汉斯小溪”变小了，成了一道瀑布，但仍然足够我们饮用的了。不过，一旦到了坡度平缓的地方，它就立刻重新平静地流淌起来。现在，它使我想起我那尊敬的叔叔，还有他急躁和易怒的性格；而在平缓路段，它则让我想到我们那生性平静的冰岛向导汉斯。

7 月 11 日和 12 日，我们沿着断层的螺旋形道路，又往地壳深处下降了 5 英里。我们已经到了海平面以下 12. 5 英里的深处了。可是，到了 13 日的中午，坡度突然平和起来，呈 45 度角的向东南延伸。

路面变得平坦，倒是好走得多，只是不免过于单调。不过也不可能不这样，因为旅途是不会因为风景的突变而丰富多彩的。

15 日，星期三，我们到达了地下 17. 5 英里处了，此地与斯奈菲尔火山相距有 125 英里。尽管觉得有点累，但身体还都不错，旅行药箱也从未被打开过。

叔叔每隔 1 个小时就要把罗盘、计时器、气压表和温度计上的数据记下来。后来，这些数据后来全都发表在他有关这次旅行的科学论文里。

因此他可以轻易地了解周围环境的情况。当他根据各种数据告诉我说，我们现在已经水平地走了有 125 英里的时候，我不禁惊呼起来。

“你怎么了?”叔叔问我。

“没什么，我只是想到了一件事。”

“什么事，我的孩子?”

“如果您的计算无误的话，我们已经不在冰岛的下面了。”

“你是这么认为的吗?”

“这很容易证实。”

我用圆规尺在地图上量了一下后说：

“没错。我们已经越过了波特兰海角，往东南方 125 英里就是大海的底下。”

“大海底下。”叔叔搓着手说道。

“是的，”我大声叫着说道，“大西洋就在我们头顶上方!”

“啊，阿克赛尔呀，这再正常不过了。纽卡斯尔（纽卡斯尔，英国一座城市，生产煤）不也是有很多的煤矿延伸到海底很远很远的地方嘛。”

教授有权认为我们的处境非常奇特，可我不行，一想到自己竟然走在海洋下方，总不免有点担心。

再说，只要花岗岩石壁坚固，无论我们头顶上方是冰岛的平原、高山，还是大西洋汹涌的波涛，那又何妨!

再说，我很快就习惯了上述想法，因为虽然坑道忽弯忽直，忽陡忽缓，但总是在朝着东南方向延伸着，并在不断地往下去，使我们迅速下到了很深的地方。

4 天之后，也就是 7 月 18 日，星期六晚上，我们来到一个很大的洞穴。叔叔按照商定，把每星期 3 个银币的薪酬付给了汉斯，并决定第二天休息。

我与他们走散了

应该承认，到目前为止，一切都还比较顺利，我实在没有理由抱怨。如果不再遇上什么大的困难，我们就一定能到达地心的。那会是多么大的荣誉啊！我甚至开始与李登布洛克教授谈论起这方面的问题来。真的。这种变化是不是因为我所处的环境造成的？可能。

有好几天，我们所走的斜坡陡得厉害，有的甚至陡得可怕。这些陡直的斜坡把我们带往很深的地方。有些日子，我们可以一天之内向地心深入3．5英里至5英里。下降的过程十分危险，汉斯的聪颖和冷静帮了我们很大的忙。这位对一切都无动于衷的冰岛人以一种令人无法理解的随便专心致力于他的工作，正是有了他，我们才克服了一个又一个自己所无法逾越的困难。

然而，他一天比一天沉默，我甚至觉得我们也受到了他的感染，也变得沉默寡言了。环境对人确实会产生很大的影响。一个成天面对四壁的人最终肯定会失去思想和表达能力。有多少监狱的囚犯由于缺乏思想练习，即使没有变成疯子，也变成了傻子！

在我同叔叔的那次交谈后的两个星期里，没有发生任何值得一提的变故。倒是有一件事，挺重要的，使我完全有理由记住它的所有细节。

8月7日，我们在不断地往地下深处走去以后，终于走到了地下75英里的深处。也就是说在我们的头顶有75英里的岩石、海洋、陆地和城市。此时，我们离冰岛已有500英里了。

这一天，坑道的斜坡并不很陡。

我在前面走，叔叔提着一盏路姆考夫照明灯，我提着另一盏。我在仔细地观察着花岗岩石层的情况。

当我转过身来的时候，却发现只剩下我一个人了！

“嗯，”我心想，“一定是我在前面走得太快了，要不就是叔叔和汉斯在什么地方停下了。我这就去找他们。幸好，路还不算太陡。”

我开始往回走。但是，走了有一刻钟，看看四周，仍不见人影。我大声叫了几声，但也未见回应，我的声音突然唤醒了洞穴的回声，然后又消失在它们中间。

这下子，我开始感到焦急，浑身上下一阵战栗。

“镇静点，千万别慌，”我对自己大声说，“一定能找到他们的。这儿只有一条道，而且我又是走在头里，只要往回走，就肯定能碰上他们的。”

我往回走了有半个钟头。我听了听是否有人在叫我，在这样浓密的大气里，声音在很远的地方就可以传到我这里。可是巨大的坑道里特别安静。

于是，我停了下来。我不相信自己是孤身一人。我宁愿走错路径，也不愿迷了路，因为走错路可以改正过来。

“瞧，”我自言自语地说，“既然只有一条道，他俩也是走的这条道，那我肯定会碰上他们的。我只要再往上走。除非他们发现我不在的时候，忘了我是在头里走的，而返回去找我。可是，即使如此，只要我加快步伐，也能找到他们。一定能！”

我重复了最后的那句话，就像一个没有被说服的人。不过，为了将这些极其简单的念头变成思维，我花了相当长的时间。

接着又开始怀疑起来。我在想，我肯定是走在头里的吗？肯定是的，汉斯跟着我，他后面是叔叔。我甚至还回想起来，汉斯还停了一会儿，以便重新捆扎肩上的行李。我记得他这么做的时候，我好像仍旧在继续往前走，没有停下。

“另外，”我还在寻思，“我有一个可靠的办法不使自己迷路——我忠实的小溪。在这座迷宫里，小溪如同一根连续伸展的线，在指引着我。我只要逆着小溪往回走，就一定能找到我的他们的。”

这个想法立刻让我转忧为喜，精神为之一振，决定赶快继续往回走，一分钟也不能耽误。

我真感谢叔叔的远见卓识，是他阻止汉斯把花岗岩石壁上的裂口堵住的。这救星似的小溪，先是为我们解了渴，救了命，现在又指引着我穿过蜿蜒曲折的坑道，去寻找我的同伴们。

在继续往回走之前，我在泉水里洗了洗脸，因为这对我有百利而无一害。我甚至应该把头埋进溪流，好好地浸一浸。于是我弯下腰，把额头伸进汉斯小溪！

大家可以想象一下我的惊愕！

我的脚下是干硬粗糙的花岗岩！根本就没有流淌的小溪！

我真的迷路了

我无法描绘我的绝望，简直没有什么言辞可以细致地形容我的心境。我将在饥渴的煎熬之下孤独地死去，如同被活埋了一般。

我本能地伸出滚烫的手去触摸地面：多么干硬的岩石呀！

我是怎样离开小溪的呢？总之它不在这儿了！我这才明白，我在最后一次停下来倾听是否有同伴的声音传过来时，四周为什么会这么地静寂了。看来，我在一开始误入歧路时就没有发现"汉斯小溪"已经不见了。当时我肯定是走到了一处岔道口，"汉斯小溪"却随着另一个斜坡的地势，把我的同伴们带向了未知的深渊。

怎么回去？顺着脚印？可是没有脚印，花岗岩上不可能留下足迹的。我绞尽脑汁想找到一个办法，来解决这个无法逾越的困难。我的处境可以用一个词来概括：我迷路了！

是的，我在这深不可测的地下洞穴里迷路了。这 75 英里的厚重地壳沉甸甸地压在我的肩上，我承受不住了，我感觉自己快要被压死了！

我试着回想一些地面上的事，我费了很大的劲儿才想起来。在我那惊惧惶恐的回忆中，汉堡、科尼斯街的房屋、我可怜的格劳本以及那整个世界——我就是在它下面迷路的——全都浮现出来。我在幻觉中又见到了旅途中发生的各种事情：渡海、冰岛、弗立德里克森先生、斯奈菲尔火山！我心中暗想，就我目前的处境而言，仍存有一线生还希望的话，那我肯定是疯了。我最好还是抛弃所有幻想。

的确，人类有什么力量能劈开压在我头上的巨大穹顶、把我带回地面呢？有谁能为我指引一条正确的路径，让我得以与我的同伴们重逢呢？

"啊！叔叔呀！"我绝望地呼喊道。

这是我唯一可以说的责备他的话，因为我知道，他肯定急得不得了，正在想方设法地在找我，而且非常痛苦的。

我意识到任何人都救不了我，也无法自救，于是我想到了求助于上帝。我回想起我的童年、我的母亲。母亲留给我的回忆只是她给我的慈爱的吻。我开始在祈祷。上帝有充分的理由不答应我的请求，因为我这么晚才想到找他帮忙；但我也管不了那么多了，反正以虔诚的心去祈祷就是了。

祈祷完之后，我的情绪开始慢慢地稳定下来，能够集中起所有的聪明智慧来考虑自己眼下的处境。

我的食物可以够我吃 3 天的，而且水壶也是满满的。但是，我绝不可以独自一人呆更长的时间。那么，我是该往上走呢还是往下走呀？

当然应该返回去，往上走！一直往上走！

我必须回到我离开小溪的地方，回到那致命的岔道口。找到小溪，它就可以把我引向斯奈菲尔火山顶上。

我一开始怎么就没有想到这一点呢？这的确是一线生机。眼下，最关键的问题就是找到“汉斯小溪”。

我站起身来，拄着铁棒，朝着坑道上方走去。斜坡很陡，但我满怀希望，毅然决然地走着，就像一个别无他路可走的人一样。

就这么走了有半个钟头，我没有遇到任何障碍。我本想通过坑道的形状、突出的岩石和地面的起伏来认路，可是我却记不起有什么特殊的记号来。很快，我便发现，这条道不可能把我引向那该死的岔道口：它是一条死路。我已撞到一堵无法逾越的石壁，倒在了岩石地上。

我简直无法形容自己当时有多么恐惧和绝望。我完全垮了。我最后的一点希望让这堵花岗岩石壁给粉碎了！

我迷失在这个迷宫里，曲折的小路纵横交错，我根本不可能逃生。我肯定会死得极其可怕！这时，我脑海中突然冒出一个怪诞的想法：有朝一日，我那已变成化石的遗体，在地底 75 英里深处偶然被人发现，一定会引起许多严肃的科学问题！

我想大声说话，可是干燥的嘴里只发出点嘶哑的喉音来，我直喘粗气。

在这万分焦虑的时刻，又有一个新的恐惧攫住了我：照明灯摔在地上，摔坏了。我没有工具，无法修理，只得任由它的光亮逐渐地变暗，不久就会熄灭。

眼看着灯光在蛇形灯管里变得越来越暗，一系列活动着的阴影被投射到灰暗的石壁上。我连眼皮都不敢眨一眨，生怕失去这正在消逝的光线！我感觉到它每时每刻都在变弱，黑暗也逐渐漫上我的全身。

终于，最后一丝光线在灯管里抖了一下。我看着它，用眼光吸引着它，把我全部的注意力都集中在它上面，仿佛这是我对光线的最后一次感受，直至它完全熄灭，我陷入无边的黑暗之中。

我恐惧地大吼了一声。在地面上，即使是在最为漆黑的深夜，也不可能像在这坑道中那样没有丝毫的光线的。即使光线再微弱，再细微，人的眼睛总还是能隐隐约约地感受到的。可是在这深渊之中，绝对的黑暗使我已完全变成了一个名副其实的盲人了。

于是我失去了理智。我向前伸出双手，艰难地试图摸索前进。我开始逃，我在这错综复杂的迷宫里胡乱地加快了脚步，一直往下跑去，穿越着地壳，我像穴居人一样地在喊，在叫，在吼，不时地撞上突出的岩石，摔倒在地，爬起来，喝着流满自己脸颊的鲜血，接着再跑，时刻做好头撞到岩石上，头破血流地死去！

我这样发疯似的奔逃，到底能逃到何处去呀？我无法知晓。这么奔逃了几个小时，我已是浑身无力，像死人一样倒在石壁边上，失去了知觉！

我脱险了

等我苏醒过来，发现四周半明半暗，自己已经躺在厚厚的毯子上。叔叔看着我的脸，观察我脸上浮现出的最后一丝生命迹象。我一叹气，叔叔就一把抓住我的手；我一睁开眼，他就禁不住高兴地叫喊了起来：

"他还活着！他还活着！"他喊道。

"是的。"我虚弱无力地回应道。

"我的孩子，你总算得救了。"叔叔说着把我紧紧地搂在怀里。

叔叔说这些话时的语气及其深切的爱让我非常感动。他通常是很少流露出真情的。

汉斯也走了过来。他见叔叔搂着我，我敢说他的眼睛里闪烁着十分高兴的神情。

"你好。"他对我说道。

"你好，汉斯，"我轻声回答了汉斯之后，又转向叔叔，"叔叔，告诉我现在我们是在哪里呀？"

"明天再说吧，阿克赛尔，明天；阿克赛尔，你今天还很虚弱。我用纱布包住了你头上的伤口，不要去动它。好好地睡上一觉，好孩子，明天你什么都会知道的。"

"可是，"我又说，"但您至少应该告诉我现在是什么时候？几号呀？"

"现在是晚上 11 点，今天是 8 月 9 日，星期天。在 10 日早晨之前，我不许你再提问题了。"

我的确虚弱得很，眼睛不由自主地就闭了起来。我需要好好地休息一个晚上。于是，我一边想着自己已孤独地度过了长长的 4 天，一边就昏昏沉沉地睡着了。

第二天醒来的时候，我睁开眼睛四下里看了看。我躺在厚厚的旅行毯上，睡在一个很舒服温馨的石洞里。洞内长满了美丽的钟乳石，洞内地面上铺着一层细沙。洞里半明半暗，虽然没有火把，也没有照明灯，但外面有一道奇特的光线通过狭小的洞口照射进来。我还听到有一种低沉模糊、难以捉摸的声音，像是浪涛拍打沙滩的声响，还夹杂着萧萧风声。

我搞不清自己是仍在睡梦中呢还是真的已经醒了，我问自己是否因为掉下悬崖之后头部受到了创伤，所以会听到幻觉中的声音。可是，无论是我的眼睛还是耳朵都没有出错。

“这的确是从岩石缝中射进来的日光，”我心中在想，“我也真的听见了风声和涛声。我们是不是已经回到地面上来了？叔叔难道放弃了这次探险之旅了，或者我们已经幸运地结束了全部旅程？”

这些无法解答的问题萦绕在我的心头。这时候，叔叔正好走进洞里来。

“早上好啊，阿克赛尔！”叔叔愉快地问候我，“我敢打赌，你感觉很好。”

“是挺好。”我一边回答，一边从床褥上坐起身来。

“你昨晚睡得很好。汉斯和我轮流地照顾你。我们看到你有了明显的好转。”

“嗯，我的精神的确好多了，不信的话就给我早饭，我会大吃一顿来向你证明！”

“马上就给你吃早饭，我的孩子。你的热已经退了。汉斯把一种不知名的油膏涂在了你的伤口上，反正是他们冰岛人的秘方，你的伤口便神奇地愈合了。他可真是个能人！”

说话间，叔叔已经为我准备好了早餐。我不管他的叮嘱狼吞虎咽地把它们一扫而光。与此同时，我便把心中的疑问向他提了出来，他立刻一一作了解答。

我这才知道，我掉下深渊是一种天意，它恰好把我带到一个几乎垂直的坑道的尽头；与我一起往下坠落的还有一股岩石流。其中哪怕是最小的石块都足以把我压死，由此可以断定，当时有一部分石壁载着我一起滑落。就这样，这辆可怕的滑车将浑身是血、昏迷不醒的我给一直送到叔叔的身边。

“说真的，你能活下来简直是一大奇迹，”叔叔对我说道，“愿上帝保佑，我们再也不要分开了，否则我们就可能永远不能相见了！”

“别再分开了！”如此说来，探险之旅还没有结束？我惊讶地瞪着一双大眼，叔叔见状，连忙问我道：

“你怎么了，阿克赛尔？”

“我有个问题，您说我现在一点问题都没有了？”

“是呀。”

“我的手脚都没有受伤？”

“是呀。”

“那我的头呢？”

“它还在你的肩上，只是有点挫伤罢了。”

“我担心我的脑子会受到影响。”

“影响？”

“我们没有回到地面上吧？”

“当然没有呀。”

“那我一定是疯了，因为我好像看到了阳光，听见了风声、涛声。”

“啊！就是因为这个吗？”

“您能解释一下吗？”

“我不能解释，因为这无法解释。不过，等你看到之后，你就会明白，对地质科学的研究还远远没有到达尽头。”

“那就让我出去看看。”我猛地站起身来，大声说道。

“那可不行，阿克赛尔，不！大风会让你着凉的！”

“大风？”

“是呀，风还很大。我不能让你这样出去吹风。”

“我向你保证，我身体很好。’”

“再忍耐一下，孩子。你的病如果复发，那我们的麻烦就大了。我们不能浪费宝贵的时间，因为摆渡需要很长的时间。”

“摆渡？”

“对，今天你再好好地休息这么一天，明天我们就上船。”

“上船？”

这最后两个字让我跳了起来。

什么！登船！这么说我们面前有一条河、一个湖、或是一片海？难道在某个港湾里还停泊着一艘船？

我的好奇心被吊到了最高点，心里痒抓抓的，想立刻弄个明白。叔叔拉住我，不许我出去，但我那猴急的样子让他明白，不满足我的好奇，可能更加不利，于是只好让步。

我立刻把衣服穿好，为了谨慎起见，在走出石洞之前，我披上了一条毯子。

李登布洛克海

起先，我什么也没看见。由于不习惯光亮，我猛然闭上了眼睛。等我又睁开眼睛时，我不禁惊呆了。

“大海！”我又惊又喜地呼喊道。

“是的，”叔叔回答道，“它叫李登布洛克海。我想没有一个航海家能和我争夺发现它、并以我的名字命名它的荣誉！”

这里是一个湖泊或大海的起点，它水面广阔，一望无际。起伏的波涛在月牙形的海岸边止步不前。金色的细沙滩上，散落着无数的小贝壳，地球上那原始的生命就居住在小贝壳里。波浪撞击着海岸，浪花飞溅，发出一种只有在封闭的巨大空间里才能听得到的奇特的声响。细小的浪花在和风中飞舞，有几丝甚至吹到了我的脸上。在这个微倾的海滩上，矗立着一堵巨形石壁，距海水有 600 多英尺远，笔直挺拔，插入云霄。石壁脚下，有些岩石一直延伸向前，插进水中，形成许多的岬角，碎浪的牙齿咀嚼着它们。远处，在烟雾迷蒙的海平线上，也能清晰地看到一些岬角。

这是一个名副其实的大海，海岸曲折不定，但却杳无人烟，荒凉得可怕。

我的眼睛之所以能看到大海的远处，是因为有一道特殊的光线照亮了一切。这光线不是光芒四射、热力无穷的太阳光，也不是苍白朦胧、冷若冰霜的月光。不是的，它那强大的照明能力、它在照射中那摇曳不定的特性、它那明晃晃的白色、它所引起的气温的微微上升以及它那比月光要亮的亮度，这一切都在明显地告诉我，有一个电源存在。它如同一道永不会熄灭的北极光，照遍了这个可以容纳一个海洋的山洞的角角落落。

你要是愿意，可以把我头上的穹顶称为“天空”：似乎是由大片大片的云团构成的，这些变幻莫测的蒸汽一旦遇冷凝结，随时都可能化为倾盆大雨。我原以为在这样的高气压下，水是不会出现蒸发现象的，可是，由于某种不为我所知的物理原因，空中却飘浮着大面积的水汽。好在当时“天气很好”。电离层在高高的云端造成奇特的光线变化，而下方的云朵则笼罩在浓重的阴影之中。很强的光线时常会从云彩缝隙投射到我们的身上。不过归根结底，这并不是太阳光，因为它不产生热量。这道光让我产生肃杀凄凉的感觉。我意识到，在这云层的上方，不是灿烂的星空，而是把所有重量都压在我身上的花岗岩穹顶。无论其空间有多大，它都容纳不下一颗哪怕是最小的星星在其间自由运行。

这时候，我不禁想起一位英国船长的说法：他说地球就好比是一个中空的巨大圆球，球内的空气因压力大而发光，而普鲁托（普鲁托，罗马神话中的冥王，在希腊神话中则称之为哈德斯）和普罗塞毕娜（普罗塞毕娜，罗马神话中冥王普鲁托之妻，与普鲁托共同统治着阴曹地府，在希腊神话中则称她为普西芬尼）两个星座则在其中划出一道道神秘莫测的轨迹来。难道他的话是真的？

我们确确实实被关在这个巨大的洞穴里了。我们判断不出洞穴到底有多宽，因为海岸向两边延伸开去，看不到尽头。我们也无法知晓它究竟有多深，因为我们只能影影约约地看到一个模糊不清的地平线。至于它的高度，它肯定有好几英里高，因为肉眼看不到架在花岗岩石壁上的穹顶。不过，在大约2. 5英里的高处，有许多云团飘浮着，比我们平时看到的地球上的云层还要高，大概是空气密度大所导致的。

“山洞”这个词显然并不足以描述这么巨大的空间。对于一个深入地底作探险之旅的人来说，人类的语言是永远不够用的。

我不知道地质学方面有什么原理可以解释这个巨大的洞穴的存在的。它是由于地球冷却而形成的吗？我喜欢看书，读到过一些游记，也知道一些著名的洞穴，可是没有一个能有这么大。

如果德·洪伯尔先生在勘测了哥伦比亚的瓜夏拉山洞（这个山洞因为洪伯尔特的描述而闻名。它先是一条长达472米的笔直通道，通道尽头有一个深度为210米的洞穴）之后，没有测量出它的深度为2500英尺的话，那么仅凭目测人们是不会认为它有这么大的。美国肯塔基州的大钟乳石洞——玛穆特洞（是美国肯塔基州的一个著名洞穴，平均高度达40

米）也是非常大的，它的穹顶比深不可测的湖水还要高出500英尺，游客们深入洞穴25英里后，仍不见其尽头。可是，在我现在欣赏的这个洞穴面前，前面提到的那些山洞能算什么呢？这个洞穴上方的天空云层厚重，电光四射，洞内还有着一个浩瀚的大海。面对这么巨大的一个自然物，我的想象力已经无能为力了

我静静地凝视着这壮观的自然奇观，想不出该如何描述我的感觉。我仿佛置身于天王星或海王星这样遥远的星球上，看到了地球人的本性所难以体验的奇观。想要描写那全新的感觉，就必须用全新的字眼，但是我想不出。我看着，想着，赞叹着，既惊愕又恐惧。

这种意想不到的景象使我的脸上重新泛起了健康的色彩；惊讶犹如一种崭新的疗法，治愈了我的伤痛；此外，这浓密而清新的空气给我肺里输送了大量的氧气，使我精神焕发，力量倍增。

不难想象，对于一个在狭窄坑道中幽禁了47天的人，能呼吸到这种潮湿而又略带咸味的海风，真的是一种极大的享受。

因此，我一点都不为自己离开了那阴暗的石洞而后悔，而叔叔则早已习惯了这奇异景观，已不再对此感到惊讶了。

“你有力气散一散步吧？”叔叔问我道。

“当然有，”我回答，“没有什么能比散步更令我惬意的了。”

“那好，阿克赛尔，你挽住我的胳膊，我们沿着曲折的海岸走走吧。”

我连声表示同意。于是，我们便沿着这个新发现的大海开始漫步起来。在我们的左面，岩石陡峭，层层叠叠，形成又高又大的一堆岩石堆，给人一种不可思议的感觉。岩石侧壁，条条瀑布飞泻，清澈的水帘隆隆地倾泻着。岩石间有几缕轻雾飘荡，表明那儿是一个个的沸泉。小溪则缓慢而平静地流向大海这个公共的蓄水池，它们在斜坡上寻找着机会，以便发出更加悦耳的潺潺声。

在这些溪流中间，有我熟识的忠实伙们——汉斯小溪，它平静地流向大海，仿佛自地球诞生时起，它就没有做过其他事情。

“我们会想念它的。”我叹息地说。

“嗨，”叔叔说道，“对我们来说，这条或那条小溪，对我们来说又有什么区别呢？”

我不敢苟同，他的话未免有点忘恩负义了吧？

可是这个时候，我被一个意想不到的景色吸引。我们正沿着海岸走着，突然发现前方500步开外的一个岬角拐弯处，出现了一片高大浓密深邃的森林。林中树木高矮适中，呈规则的阳伞状，并带有清晰的几何形轮廓。空气的流动似乎对树叶毫无影响，它们在微风中岿然不动，如同一片用石头做成的雪松。

我加快了脚步，我无法叫出这种奇特树种的名字。也许它们根本就不在目前已知的20万种植物之列？也许它们应该在湖沼植物群中占据一个特殊的地位？等我快步走到树阴下时，我的惊讶已经变成了赞叹了。

其实，在我面前的就是地球植物，只不过其体积要比表面上的同类庞大得多。叔叔立刻叫出了它们的名字。

“这不过是一片蘑菇林罢了。”叔叔说道。

叔叔说的对。大家可以想象得出，这种喜欢温暖潮湿的植物在这儿长势有多好。我听说，根据布里亚（布里亚，1752—1793，法国著名生物学家，真菌学创始人之一）的理论，“巨型马勃”的蘑菇头直径可以高达八九英尺，可是，生长在这里的却是高度高达三四十英尺的白蘑菇，而且蘑菇伞的直径完全相同。这片蘑菇林的蘑菇数量多达数千株。它们密集生长着，光线无法穿过这片浓密的阴影，因此蘑菇头下是一片漆黑，这些小圆顶并列地排着，如同非洲居民居住的房屋的圆屋顶。

我想到蘑菇林的深处去。一股能置人于死地的寒气从多肉的蘑菇伞上袭来。我们在这片潮湿阴暗的圆屋顶下转悠了半个钟头。当我回到海岸边时，我从心底里感到万分舒服。

不过，这个地下王国的植物并不局限于蘑菇。远处还有一簇一簇的其他树木，树叶全都褪了颜色。这些都是地球上较低级的藻木，很容易辨认，只是其体积非常大，其中有：有100英尺高的石松、巨型的封印木，与生长在高纬度地区的冷杉一样高大的乔木状蕨类，以及长着圆柱形分叉枝茎和长叶子、满是皮刺、让人看了直恶心的油性植物林木。

“真惊人！真奇妙！真壮观！”叔叔大声嚷道，“地球第二纪，亦即过渡期的植物群落全在这儿了。这些今天生长在我们花园里的低级植物，在地球诞生之初，竟然如此高大！看，阿克赛尔，没有任何一位植物学家能这样大饱眼福的。”

“说得对，叔叔。上帝似乎有意要把这些古老的植物保存在这个巨大的温室里，而这些植物被聪明的科学家们复制得如此相像。”

“这儿确实是个大温室，孩子，不过，还得补充一点，要是你说这里也许还是一个动物园，那就更确切了。”

“动物园！”

“是呀。你瞧我们踩着的这些尘土，还有散落一地的骸骨。”

“骸骨！”我顿然醒悟，“对，这是古代动物的骸骨！”

我立刻跑到那些古老的骸骨旁，那是由不可分解的矿物质（磷酸钙——原作者注）组成的。我立刻喊出了这些巨大的骨骼的名称，它们就像是枯树的躯干。

“这是乳齿象的下颏骨，”我大声说道，“这是恐兽的臼齿。这是那些巨型兽中的一种——大懒兽——的股骨。没错，这里的确是一个动物园，因为这些动物的骨骸肯定不是由于地壳的运动而被搬运到这里来的。它们原本就生活在‘地下海’沿岸、乔本植物的树阴下面。喏，这儿有一副完整的动物骨骼。可是……”

“可是什么？”叔叔问道。

“我不明白这花岗岩洞穴中怎么会有这种四足动物出现呢？”

“为什么不会呀？”

“因为动物在地球上出现的时期应该是第二纪，也就是当沉积地层在河流的冲积之下形成并取代了原始时代的灼热岩石以后。”

“你说得对，阿克赛尔，不过，有一个很简单的回答能消除你的疑问：这里的地层本身就是沉积地层。”

“什么！在地面以下这么深的地方怎么会有沉积地层呀？”

“不错。这种现象在地质学上是完全可以解释得通的。有一段时期，地球是被一层具有伸缩性的外壳包裹着的，这层外壳在地心引力的作用下交替起伏。有一部分沉积地层很可能在地面发生塌陷的时候，被带进了突然裂开的地缝中。”

“可是，既然在地下的这一区域曾经有古代动物生活过，那么，有谁能保证它们现在不仍然游荡在黑暗的森林里、或是陡峭的岩石后呢？”

想到这里，我不免有点恐惧之感，抬眼向地平线看了一番。但是，空旷的海岸没有任何的动物影子。

我有点累，于是便到一个岬角顶端坐了下来。海浪拍打着岬角下部，响声很大。我坐在那儿，可以看到整个海湾，它被月牙形海岸环绕着。在海湾尽头的金字塔形岩石中间，夹着一个小港口。由于不受海风的影响，港口的水面非常平静。那儿停泊上一条大船和两三条小船，看来是不成问题的。我几乎以为自己能看到几艘鼓足风帆的小船，正借着南风出海远航呢。

不过这种幻觉很快就消失了，我们是这个地底世界里唯一有生命的动物。风暂时止息的时候，冷漠的岩石和海面被一种比沙漠里更加深沉的寂静笼罩着。我真想穿过远处的迷雾，撕开遮在地平线上的神秘缦纱。我心中想着的是些什么样的问题呢？大海的尽头在哪里？大海通往何处？我有朝一日能否看到它的彼岸？

叔叔对这些问题的答案深信不疑。可是，我是既想知道答案又怕知道答案。

我们凝视着这奇妙的景象足足有一个钟头。然后，我和叔叔便踏上了回洞穴的沙滩小路。当天晚上，我脑海中浮现出许多怪诞念头，不久便酣然入睡。

木筏竣工

第二天醒来的时候，我已经完全康复了。我觉得洗个澡对身体有好处，便跳入“地中海”中，在水里泡了几分钟。这个称呼对它来说真是再合适不过了。

泡完澡回来，胃口大开。汉斯的拿手活儿就是为我们做饭，他现在又有水又有火，早餐便可花样翻新了。吃甜食的时候，他为我们准备了咖啡，我这种可口的饮料从来没有像现在这样美味。

“现在，”叔叔说道，“涨潮的时候到了，不要错过研究一番的时机。”

“涨潮？”我疑惑地问。

“是呀。”

“难道这地下深处也在受到太阳和月亮的影响？”

“为什么不能？所有的物体不是都在受到万有引力定律的作用吗？这片海洋也逃脱不了这个普遍规律。因此，海面上虽说是气压很高，但你仍然可以看到与大西洋一样的涨潮现象。”

于是，我们便来到了海滩上。海水正在向岸边漫过来。

“开始涨潮了。”我叫嚷道。

“是呀，阿克赛尔，从这滚滚浪花来看，我估计海水得上涨 10 英尺左右。”

“这太奇妙了。”

“不，这很正常。”

“随你怎么说，叔叔，我反正觉得这确实是太奇妙了。我简直都不敢相信自己的眼睛了。有谁会想到，在这地底深处，竟然会有一片名副其实的大海，而且还有潮汐、海风和暴雨？”

“为什么不会有啊？自然界有哪一条定律规定地壳里不能有海洋？”

“没有，除了地心热量的理论。”

“那么到目前为止，戴维的理论被证明还是正确的?”

“那当然，今后任何理论都不能否定地球内部存在着海洋和陆地。”

“是的，不过这些海洋和陆地都无人居住。”

“对！可是，我不明白，为什么这片大海里没有什么不知名的鱼呢?”

“至少我们现在一条还都没有看到过。”

“要不咱们来做几根鱼竿，看看鱼钩在这里否能像在地面上的海里一样大获丰收。”

“我们是要试一试的，阿克赛尔，我们要揭示这些新地方所有的秘密。”

“叔叔，我们现在是在哪里呀？我还没有向你提这个问题，您的仪器一定能告诉我们答案的。”

“从水平方向看，我们现在距离冰岛 875 英里。”

“这么远啊?”

“我敢保证误差不会超过 1 英里。”

“罗盘仍旧指着东南方向吗?”

“是的，东南偏西 19 度 42 分，与在地面上完全一样。不过说到罗盘的倾角，我觉得有一个奇怪的现象，我正在仔细地观察着。”

“什么奇怪现象呀?”

“罗盘的指针不像在北半球那样指向磁极，而是指着完全相反的方向。”

“这么说磁极是在地面和我们现在所在所处的位置之间呀?”

“真是。如果我们向磁极区走去，也就是朝着詹姆斯·罗斯（詹姆斯·罗斯，1800—1862，美国著名航海家，是第一批到达地球北极的探险家之一，于 1831 年发现北半球的磁极）发现磁极的北纬 70 度附近前进的话，那么我们就可能会看到罗盘的指针垂直向上。因此，这个神秘的引力的中心显然不会在很深的地方。”

“这一点目前科学确实尚未想到过。”

“科学包含着很多错误，孩子。不过，犯错误并非坏事，错误会把人们渐渐引向真理的。”

“我们现在在地下多深的地方?”

“87. 5 英里深处。”

“这么说,”我边说边看地图,“我们的上面是苏格兰山区,格兰扁山脉(格兰扁山脉,主峰尼维斯是大不列颠岛的最高峰,位于苏格兰北部)那白雪覆盖的山顶正直插云霄。”

“是的,”叔叔微笑着回答道,“我们承受的重量不轻,不过,洞穴的穹顶还是非常坚固结实的。大自然这位伟大的建筑师,用非常好的材质建造了它,人类永远也造不出这样跨度的穹顶!穹顶的半径有 7. 5 英里,下面的大海和风暴可以横行无阻,与之相比,地上建造的桥拱和教堂的门拱根本就不值一提了。”

“咳,我可不怕天掉下来。叔叔,您现在有什么计划吗?您不想回到地面上去吗?”

“回去?亏你想得出来!恰恰相反,我打算继续向前,到目前为止,不是一切都很顺利吗?”

“可是,我不知道我们如何钻到这个大海底下去。”

“啊,我可不想第一个跳进海里。不过,海洋其实也只是个大湖,它的周围被陆地围绕着,何况这一片环抱在花岗岩石壁之间的地下海呢。”

“这一点毫无疑问。”

“既然如此,在海的对岸,肯定能找到一条新的往下去的路。”

“您觉得这海有多长呀?”

“75 到 100 英里之间。”

“哦。”我“哦”了一声,心想这个估计完全可能是错误的。

“所以,我们不能浪费时间了,明天就得出发。”

我不由自主地寻找起运送我们的船只来。

“好呀,我们登船,”我说道,“可是我们的船在哪儿呀?”

“不是船,孩子,是一只结实牢固的木筏。”

“木筏!”我吓了一跳,“木筏造起来也一样困难,我没看见……”

“你是没看见,阿克赛尔,可你注意听呀!就可以听见!”

“听见?”

“对,锤子的声音会告诉你,汉斯已经在动手制造了。”

“在造木筏?”

“是呀。”

“什么？他已经用斧子砍下树木了?”

“噢！树早就自己倒下了。你跟我来，看看汉斯是怎么干的。”

我们步行了半个小时之后，来到岬角的另一边，在天然的小港湾里，我见到了正在干活儿的汉斯。

我走上前去，来到汉斯身边。我惊讶地发现，沙滩上放着一只做好一半的木筏。

这木筏用的是特殊的树干制成的。地上满是厚木板、曲榫头、船肋骨，足够造一支海军战舰的了！

“叔叔，”我叫道，“这些是什么木头?”

“松木、杉木、桦木和在北方生长的所有针叶树木，它们在海水的作用下全都矿化了。”

“怎么可能?”

“这就是人们所说的化石木。”

“那它会硬如褐煤，坚硬得如同石头，怎么可能浮在水面呢?”

“是有这种情况的。有些树木会变成名副其实的无烟煤，可也有些树木，比如眼前的这些，才刚刚在向化石转化，你看。”叔叔说着便把一块珍贵的木头扔到海里。

木块先消失了，但片刻过后，它就又浮了上来，跟着波浪在起伏漂动着。

“你相信了吗?”叔叔问我。

“我简直不敢相信这是真的。”

第二天晚上，在能干的向导的帮助下，木筏竣工了。这木筏有 10 英尺长，5 英尺宽。

化石木树干由结实的绳索捆绑在一起，构成了一块牢固的平面。这只临时制造的小船一放到水里，立刻稳稳当当地在李登布洛克海上漂浮起来。

冒险航行开始

8 月 13 日，我们很早就醒来了。我们将乘坐这个轻快而新颖的交通工具出发。

两根并排联接的树干做桅杆，另一根树干做横桁，睡觉用的毯子做风帆，这就是木筏的全套装备。绳索很充足，所以木筏捆绑得非常牢固。

早上 6 点，李登布洛克教授下令上筏。我们七手八脚地把食物、行李、仪器、武器以及大量取自山间小溪的淡水，全都搬上了木筏。

汉斯在木筏上还装了一个舵，好操纵方向。他把着舵，我立即把木筏系在岸上的绳缆解下，升起了帆。我们迅速地离港启航了。

离开这个小港口之后，对地理名称非常看重的李登布洛克教授，提议用我的名字来命名这个小港。

“说真的，”我说，“我还是向你推荐另外一个名字吧。”

“什么名字？”

“叫格劳本港吧。这个名字标注在地图上，让人看了觉得温馨。”

“好，那就叫格劳本港吧。”

这样一来，我对亲爱的维尔兰少女的回忆就这样和我们充满冒险的旅程联系在一起了。

此刻正刮着东北风。我们借着风势疾速前进。这东北风刮得正猛，犹如一台功率强大的风扇在吹着船帆，有力地在推动木筏快速向前。

一个小时之后，叔叔准确地估算出我们的航行速度。

“如果按照现在这种速度行驶的话，”叔叔说道，“我们一昼夜至少可以行驶 75 英里，很快就能驶抵对岸。”

我没有回答，坐到木筏前部去了。北面的海岸岩石已在地平线上消失。左右两边的海岸则大大地张开双臂，仿佛是为了方便我们出发。我所看到的只是茫茫的大海。大块的乌云在海面上投下灰暗的影子，那影子在飞快地移动着，好像压在这死气沉沉的海上。水珠映射出电流的银色光芒，被木筏激起的波浪闪闪发亮。很快，所有的陆地都从视线中消失了，看不到任何确定方向的参照物。如果木筏没有激起阵阵浪花的话，我一定会认为它是静止不动的。

晌午时分，大团的海藻在水面上波动起伏。我知道这种海洋植物的生命力极强，繁殖能力惊人。它们生长在海底 1．2 万英尺以下，在 400 个大气压的压力下繁衍，往往在水下形成巨大的海藻团块，妨碍船只的航行。然而，我还从未见过像李登布洛克海里的这么大的海藻呢。

我们的木筏沿着长达三四千英尺的墨角藻往前驶去。这些墨角藻如同巨大无比的海蛇蜿蜒着伸向我们的视野之外。我饶有兴味地盯着它们看，总想看到它们最终止于何处，可是，都好几个小时了，除了感到更多的惊讶之外，我的耐心总是徒劳。

是什么自然力量创造了这样的植物!! 在地球形成之初，由于炎热和潮湿的关系，地面上只有植物生存，这时的地球又该是一幅什么样的景象！夜色来临，正如我头天晚上所观察到的那样，空气的发光性能没有一丝一毫的减弱。这是一种持久的现象，可以说它会永远这么保持下去的。

晚饭后，我在桅杆下躺着，很快便进入了梦乡。

汉斯一动不动地掌着舵，任由木筏急驶而下。其实，现在正是顺风，木筏甚至根本用不着人来掌舵。

从格劳本港启航之后，李登布洛克教授便叫我负责记“航海日记”。把所观察到的所有细节、有趣现象、风向、航速、航程，总之，把此次航行中的一切事情，全都要记录下来。

现在，我就把这些根据事实记录的日记一字不差地再现出来，供大家详细了解我们的渡海情况。

8 月 14 日，星期五，持续挂着东北风。木筏迅速地沿着直线行驶着。借助着大风的帮助，木筏已离开海岸 75 英里了。地平线不见任何东西。光线强度也没有变化。天气晴好，云层高而且薄，悬挂在白色的大气中，大气犹如熔化的白银，白而放光。气温为摄氏32度。

中午的时候，汉斯把鱼钩系在鱼线上，鱼钩上钩着一块肉作为鱼饵，然后把它扔进海里。两小时过去了，不见动静。水里难道没有鱼吗？不，鱼线动了一下。汉斯连忙把线收回，钓起了一条活蹦乱跳的鱼。

“一条鱼！”叔叔高兴地喊道。

“一条鲟鱼，”这回是轮到我叫了，“一条小鲟鱼！”

叔叔翻来覆去地检查着那条鱼，他不同意我的说法。这鱼头部圆而扁；身体前部覆盖着骨质皮片；嘴里无牙齿；胸鳍发达，但却没有尾巴。这条鱼肯定是属于博物学家称之的鲟鱼类，但在主要的方面又与鲟鱼有所不同。

叔叔说的没错，他又稍加观察之后，说道：

“这条鱼属于已灭绝好几个世纪的鱼类，只有在泥盆纪地层里才能发现其化石。”

“这么说，我们果真捕捉到一个在原始海洋中生活的居民了？”我惊诧地说。

“是的，”叔叔边说边继续在观察，“你看，这种古老的鱼与现在的鱼类完全不同。对于自然学家来说，能亲手拿着一条这样的活鱼，真是莫大的幸福。”

“那它属于哪一类呀？”

“属于硬鳞目，盾头科，至于是什么属……”

“到底什么属呀？”

“翼鳍属，我敢发誓。这种鱼有一大特点，人们会说它是生活在地下海洋里的鱼类”

“什么特点？”

“它是瞎子！”

“瞎的！”

“它不仅是瞎子，它根本就没有视觉器官。”

我拿起那条鱼看了看：果然如此。不过，这可能是个特殊的例子吧？于是我们又往鱼钩上放了鱼饵，将它抛入海中。这个海里一定是有着大量的鱼，我们在两个小时的时间里，竟然钓到许多的翼鳍属鱼类和双鳍鱼，后者也是一种早已灭绝了的鱼。不过，叔叔也说不清双鳍鱼属于哪一类。所捕获到的鱼全都没有眼睛。这些意外捕捞上来的鱼对我们更新食品补给十分有利。

从所钓到的这些鱼来看，有一点可以确定：在这片大海中生活的鱼类全都是一些古老的动物属类，这里的鱼和爬行动物进化得都很完善，因为它们在远古时代就已经出现了。

科学家们曾经根据一些残存的骸骨成功地复制出了蜥蜴类动物的标本，也许我们也会在这儿遇上几只这样的动物的。

我举起望远镜观察大海，海面上什么都没有，可能我们靠海岸还是太近了。

我抬头望天。不朽的居维叶（居维叶，1769—1832，法国著名动物学家、古生物学家，是比较解剖学的创始人）曾复制过一些鸟类的标本可是在这沉重的大气层里，为什么没有鸟儿拍打它们的翅膀呢？鱼儿为它们提供了充足的食物。我看着天空，可是天空和海边一样，看不到任何动物。

然而，幻想把我带进一个美好虚幻的古生物世界里。尽管我睁着眼，却仍然沉醉在梦中。我幻想着，仿佛在水面上看到了巨大的海龟在游动，它们就像是海上漂浮着的一座座小岛。昏暗的海滩上，有一只短角兽和一只棱齿兽走了过来，它们都是地球早期的哺乳动物。短角兽在巴西的岩洞里被发现，而棱齿兽则是来自西伯利亚那严寒的地带。远处，厚皮的奇蹄兽如同一只巨大的貘，躲在岩石后面，随时准备和偶蹄兽争夺猎物。偶蹄兽是一种奇怪的动物，既像犀牛和马，又像河马与骆驼，好像因造物者在创造世间万物时非常忙碌，把几种动物的特征全集中在它们身上了似的。巨型的乳齿象挥舞着长鼻，用象牙将海岸上的岩石碾得粉碎。大懒兽则倚着巨大的四肢，一边掘着泥土，一边吼叫着，在花岗石中间引起了阵阵回声。上方，地球上最早的猴子——原猴——去攀援陡峭山峰。再往上去，有翼手龙在舞动着翅膀上的爪子，像只大蝙蝠似的在高密度的空气中滑翔。最后，在最高层的空间里，比鹳鸵更健壮、比鸵鸟更巨大的巨型鸟在展开宽阔的翅膀，用头撞击花岗岩穹顶。

这个古老的世界在我的幻梦中复活了。我的思绪飞到了《圣经》中创世记的时代，当时，人类尚未诞生，残缺不全的地球还不能满足人类的生存需要。我在幻想动物出现之前的情景。哺乳动物消失了，然后鸟类，再然后是第二纪的爬行类，最后鱼类、甲壳动物、软体动物和肢节动物。过渡期的植形动物也不见了踪影。地球上的所有生命都在我的脑海里一掠而过。在这个荒芜的世界上，只有我的心脏在跳动着。季节变化没有了；气候变化也没有了。地球本身的热量在不断地增加，太阳的热力随之失去了作用。植物在无节制地生长。我如同一个幽灵似的在乔木状的蕨类植物中间游荡，犹豫不定的脚步踩在红色泥灰岩和斑驳的砂岩上。我时而依靠着巨大的针叶树的树干，忽而又躺在百十来英尺高的蝶叶树、星叶树和石松的树阴下面。

数百年的时间就像几天一样飞速逝去。我又开始追溯地球的形成过程。植物不见了；花岗岩失去了它的纯粹；由于热力的增强，物体从固态变成了液态；水在地表上流淌着，沸腾着，蒸发着；地球被蒸汽包裹了起来，逐渐形成一个大气团，泛着红白色的光，变得同太阳一样地大，一样地亮。

这个大气团比它后来逐渐演变而成的星球要大140万倍，我在它的中心被卷进了星际空间。我的身体在逐渐变小，变轻，最后竟成了一粒毫无分量的原子，融入了无边无际的蒸汽当中，这些蒸汽，在无尽的宇宙间划出一道在熊熊燃烧着的轨迹来。

这是什么样的梦啊！这个梦会把我带到何方？我的手狂热地在纸上写下了这些奇异的情景！我把一切全都忘却了，已经不记得什么教授、向导和木筏了，我已完全沉浸在这个幻觉之中了……

“你怎么了？”叔叔问道。

我睁大着眼睛看着他，可是，我却好像并没有看见他。

“小心点，阿克赛尔，你会掉到海里去的！”

他刚这么一说，我就觉得汉斯一把把我紧紧地抓住了。要是没有他，幻想中的我肯定已经掉进了大海。

“他疯了吗？”叔叔呵斥我道。

“怎么了？”我这才清醒过来，问道。

“你是不是病了？”

“没有，我刚才好像做了个梦，不过已经过去了。都好吧？没什么事吧？”

“一切都好。风向、海水都不错！木筏行驶得很快，如果我没估计错的话，我们很快就能靠岸了。”

听叔叔这么一说，我立即站起身来，抬眼远望着地平线，但依旧是水天一色，不见陆地的影子。

巨大的海兽

8 月 15 日，星期六，大海仍旧单调乏味，空空荡荡，看不见陆地的影子，地平线似乎非常遥远。

由于昨天的胡思乱想，头仍旧有点晕乎。

叔叔倒是没有胡思乱想，但他的心情却很烦躁。他举起望远镜观察了周围的每一个角落，然后气恼地交叉起双臂。

我发觉叔叔那急躁脾气又要犯了，于是，我赶快拿起笔来把这一情况记在了日记上。叔叔只是当我遭遇极大危险，身体受到损伤的时候，才表现出一丝的亲情来。然而我一旦康复之后，他又恢复了本性。可是有什么值得他发火呢？难道我们的旅行进展得还不顺利吗？难道木筏前进得还不够快吗？

"您干吗那么着急啊，叔叔？"我见他老在举起望远镜观察，就对他说。

"着急？不。"

"那是不耐烦了？"

"比这更小的事都会让人不耐烦！"

"我们的木筏不是走得很快吗？"

"快有什么用？我不是嫌我们的速度太慢，而是嫌海太大！"

我突然记起出发前，叔叔曾对这个大海作过估计，说它有 75 英里长，可是我们已经行驶了比这个长度长了 3 倍的距离，南方的海岸还是遥不可及。

"我们并没有在下降！"叔叔又说，"这么水平前行等于是在白白地浪费时间，再说，我来这么远的地方，可不是为了在这个池塘里划船！"

他竟然说我们的渡海远行是划小船，称这片海洋是池塘！

“可我们却是沿着萨克努塞姆所标示的路线……”

“问题就在这儿。我们走的的确是他走过的那条路吗？他当时是不是也碰到了这片广阔无边的‘地中海’了？他是否也是渡海而过的呀？那条引导我们的小溪是不是把我们引上了歧路？”

“不管怎么说，我们来到这里一点都不遗憾。这里的风景太奇妙了，而且……”

“我们来这儿可不是为了观赏什么风景的。我为自己确定了一个目标，我要实现它！所以别和我谈什么欣赏风景！”

我牢牢记住了他的话，于是便听任教授独自咬着嘴唇心急如焚。晚上6点钟时，汉斯向叔叔索要酬劳，叔叔付给了他3块银币。

8月16日，星期日，一切如旧。天气照常，只是风力加大了一点。我早晨醒来时，立即关注起光亮来。我老是在担心那电光会逐渐暗淡下去，最后熄灭。这种担心并没有变成现实，木筏的影子清晰地映在水面上。

这海真是无边无际！它也许真的与地球上面的地中海，甚至和大西洋一样地宽广，这完全有可能。

叔叔多次地对海水深度进行了测量。他用一根长1200英尺的绳子，将其顶端系住一把很沉的铁镐，放入水中。可是碰不到底，我们费了好大的劲才又把铁镐拽了上来。

铁镐拉上木筏，汉斯指给我看上面明显的痕迹。它似乎被两个坚硬的物体猛烈地夹击过。

我怔怔地看着汉斯。

汉斯说出一个丹麦语词儿。

我听不懂，便扭过头去看着叔叔。叔叔正在沉思默想。我不想打扰他，便又扭过头来看着汉斯。他张开嘴，然后又闭上，重复了好几次，我这才明白他的意思。

“牙印！”我小心仔细地检查了铁镐上的痕迹，惊异地说。

确实，这的确是嵌进铁镐内的牙印！长着这么大的牙齿的颚骨肯定力大无穷！难道在海水深处，活动着一种比鲨鱼更为凶猛、比鲸鱼更为可怕、在地球上早已灭绝了的怪兽？我盯着这根几乎被咬断的铁镐，心想昨夜的梦难道真的要变成现实了？

这个念头缠绕在我的脑海中，让我整整一天都忐忑不安。只是到了晚上，睡了这么几个钟头，心情才渐渐地平静下来。

8 月 17 日，星期一。我试图回忆第二纪古代动物的特征。这些古代动物是在软体动物、甲壳动物和鱼类之后，在哺乳动物之前出现的。当时，整个地球属于爬行动物的世界。这些怪兽主宰着侏罗纪时期的海洋，侏罗山脉的地层就是由二叠纪时期的海洋上升而造成的。大自然赋予了它们最完美的构造。它们的体形何等巨大！力量何等神奇!! 今天的爬行动物，无论是鼍龙还是鳄鱼，不管它们多么巨大、多么凶猛，和它们早期的祖先相比，只是些软弱无力的小爬虫！

一想到这些巨大的怪兽，我不禁打了一个寒噤。没有人亲眼见到过这种活的动物，尽管它们在人类出现之前几十万年就生活在地球上了。现今，人们根据在石灰质黏土里发现并被英国人称之为“下侏罗纪化石”的骨骼化石，可以复制出这些巨大怪兽的结构，了解它们巨大的体形。

我在汉堡博物馆里曾经参观过一架爬行类动物的骨骼，足有 30 英尺长。难道我这个地球的居民命中注定要和这些古老的动物见面吗？不会的！不可能！可是，铁镐上确确实实刻着有力的牙印。从那牙印可以判断出，怪兽的牙齿应该是圆锥形的，与鳄鱼的牙齿相同。

我惶恐不安地望着大海，生怕看到一个海底洞穴的居民蹿出来。

我想即使李登布洛克教授不像我这样害怕，至少也同意我的看法，因为他在检查完那把铁镐之后，也在仔细地观察着大海。

“这主意真见鬼！”我心里直犯嘀咕，“他怎么会想到测量水深的！他一定打搅了某个动物的休息，要是我们在海上受到袭击……”

我忐忑不安地看了看我们携带的武器，它们全都在，我的心稍微地踏实了一些。叔叔看着我，见我在注视武器，向我点了点头，表示赞许。

这时候，水面开始剧烈地动荡起来，说明水底的骚动在逼近，必须小心。

8 月 18 日，星期二。夜晚降临，确切地说，是睡意袭来的时候，因为这片海上没有黑夜，直射的光亮照得眼睛很疲劳，我们如同在阳光普照的北极海面上航行一般。汉斯在把着舵把儿，他值班的时候，我睡着了。

两个小时过后，一阵可怕的震动将我惊醒。木筏陡然间被一种难以形容的巨大力量给顶起来了，被抛到130英尺开外的地方。

“怎么了？”叔叔叫喊道，“是不是触礁了？”

汉斯指着1300英尺开外的海面。有一头黑乎乎的东西正在起伏着。我看着叫了起来：

“是一头巨大的鼠海豚！”

“嗯，”叔叔也说，“还有一条异常巨大的海蜥蜴！”

“稍远处还有一条可怕的鳄鱼！那颚骨好大啊！还有那大牙！啊！它不见了！”

“还有一条鲸鱼！一条大鲸鱼！”叔叔在大声说道，“我看到它的巨型鳍了！它的鼻孔在喷水喷气哩！”

果然，海面上升起了两根高高的水柱。眼前的这些大怪兽，可把我们给吓坏了！它们真的是硕大无比！即使是其中最小的海兽也能用牙齿把木筏一口咬断。汉斯连忙转动舵把儿，让木筏顺风行驶，以便逃离这群危险的动物。可是，他在木筏的另一侧看到了同样可怕的敌人：一只40英尺长的海龟和一条30英尺长的海蛇。那大海蛇将脑袋高高地竖在海面上。

简直无处可逃了！这些怪兽在步步紧逼。它们围着木筏迅速地转着，就是高速行驶的火车也没有它们快；它们以木筏为中心，划出一个又一个圆圈。我连忙抄起武器。可是我很清楚，子弹是穿不透它们那厚实的鳞片的。

我们吓得连气都不敢出。它们来了！一边是巨鳄，一边是巨蟒，其他的怪兽却不见了踪影。我想开枪，被汉斯用手势制止住了。那两只怪兽从木筏300多英尺的地方游过去了，相互朝着对方猛扑上去。它们是如此地狂怒，根本就没有看到我们。

战斗在离木筏600多英尺远的海面上展开。我们可以清清楚楚地看到它俩搏击的情景。此刻，鼠海豚、大鲸鱼、海蜥蜴、大海龟也赶过来参加这场混战。我看得十分清楚，还指着让汉斯看，可是汉斯却在摇头。

“两只。”汉斯用丹麦语加手势说。

“什么？两头？他说只有两头怪兽……”我转向叔叔求证。

“汉斯说得对。”叔叔说道，他一直在举着望远镜注视着怪兽。

“那怎么会？”

“没错。第一只怪兽长着鼠海豚的嘴、海蜥蜴的头和鳄鱼的牙齿，所以我们就会看错了。这是古代爬行动物中最可怕的鱼龙！”

“那另一只呢？”

“另一只是长着龟壳的大海蛇，名叫蛇颈龙，是鱼龙的死对头！”

汉斯没看错，确实只有两只，仅仅两头怪兽就把海面搅得天翻地覆。我看到的是两只原始海洋中的爬行动物。那鱼龙眼睛血淋淋的，如同人的脑袋一样大。大自然赋予了它强有力的视觉器官，因而可以抗得住海水的巨大压力，在深海中生活。它曾被称之为海蜥蜴中的鲸鱼，这么说是不无道理的，因为它有着和鲸鱼一样大的体形、一样快的速度。当鱼龙在水面上把尾鳍垂直竖起时，我立刻进行了估算：它至少得有 100 英尺长。它的颚骨也十分巨大，自然学家认为它至少得有 182 颗巨型牙齿。

蛇颈龙身体呈圆筒状，尾巴很短，四肢似桨，身上覆盖着甲壳。天鹅般柔软的头颈高高地伸在离水面 30 英尺的空中。

两头海兽狂怒地撕打着，它们掀起像山一样高的浪涛，甚至波及到我们的木筏。我们有好几次几乎就要沉没了。海面上传来极为尖厉的叫声。它俩绞缠在一起，几乎无法辨别出谁是谁来了。彼此互不相让，定要拼个你死我活，狂怒的样子令人胆战心惊。

一个小时过去了，又一个小时过去了，战斗进行得依然激烈。它们忽而靠近木筏，忽而远离木筏。我们待在木筏上不敢乱动，时刻准备开枪。

突然之间，鱼龙和蛇颈龙兽不见了踪影，只是海面上形成了一个巨大的漩涡。好几分钟过去了，它俩是否潜入海底，继续那未完的搏斗去了？

猛然间，我看到一个巨大的脑袋伸出水面：是蛇颈龙的脑袋。它受到了致命的打击，我再也看不到它的甲壳，只见它那长颈伸起落下伸起落下地甩动着，像一条长鞭似的抽打着水面，而身子则像被截断的蠕虫似的扭动着。被溅起的水花溅得很远，弄得我连眼睛都睁不开来，但是，这头海兽的垂死挣扎不久就接近了尾声，它的动作逐渐减弱，身体也逐渐不再扭曲。最后，它终于一动不动地漂在复归平静的水面上。

至于鱼龙，它是回到自己的海底洞穴去了呢，还是会重新出现在海面上？

阿克赛尔岛

8 月 19 日，星期三。值得庆幸的是大风使我们迅速逃离了战场。汉斯仍在把着舵。叔叔因观战而中断了思索，此刻烦心事又涌上了心头，又重新焦躁地凝视着大海。

航程重又变得单调乏味。不过，我宁可保持现状，也不愿再经历昨日那可怕的危险。

8 月 20 日，星期四。风向东北偏北，风力时大时小。气温很高。我们的木筏行驶速度为每小时 7．5 英里。

到了晌午，只听见远方传来声响。我把它记了下来，可无法解释它的成因。这种声音低沉而又连续。

“远处要么有岩石，要么有岛，”叔叔说道，“这是海水拍打在上面发出的声响。”

汉斯立刻爬到桅杆顶部，但并未见有礁石。大海仍然向远处的地平线伸展着。

3 个小时过去了，那声响仿佛是远处的一个瀑布在飞泻。

我把我的猜测告诉叔叔，可是他听了只是摇头。我坚信我没听错。难道我们正驶向某个瀑布、将要被它拖进一个深渊吗？这种下坠的方式可能会让教授高兴，因为它近乎于垂直降落，可是我……

不管怎样，反正几英里外肯定是有一个声音源，声音是借着风势传到我们耳朵里的，因为现在我们已经能清晰地听见那声音了。这声音到底是来自天空，还是来自海洋？

我把眼光投向空中的云彩，试图测出它有多厚。天空十分宁静，高高地飘浮在穹顶上方的云彩一动不动，似乎它已溶化进了强烈的光线之中。看来这声响并不是来自天空。

于是，我便转眼望着平坦而明净的海平面：它并没有发生变化。可是，如果那声响来自一个瀑布，如果大海正在向一处盆地飞泻，如果那声响确实是直下的飞流造成的，那么，海水应该变得活跃起来，而且越流越快。那么，我就可以根据那水流的速度测算出危险离我们还有多远。可我朝海水仔细地看了看，却看不出它在流动，我朝大海里扔了一只空瓶子，它只是在随风漂荡着。

4 点光景，汉斯站起身来，攀住桅杆，爬到顶上。他举目朝着远方水天相连处望去，最后定睛望着一个点。他的脸上并没有任何惊讶的表情，但却死死地在盯着那个点。

"他好像看到什么东西了？"叔叔说道。

"我也这么想。"我应声道。

这时，汉斯从桅杆顶端下来，指着南边说道：

"那边！"

"那边？"叔叔重复了一句。

叔叔随即举起望远镜，仔细观察了有一分多钟，可我却觉得这一分钟似乎比一个世纪还要长。

"对，对！"叔叔喊叫道。

"看见什么了？"我着急地问。

"海面上喷出一股巨大的水柱。"

"又是什么海兽？"

"很有可能。"

"那我们赶快往西边走吧，我们大家都清楚碰上这些古代怪兽有多危险。"

"不，按原航向前进！"叔叔坚定不移地说道。

我转身看着汉斯，汉斯仍坚定地掌着舵。

这时候，我们的木筏距离这只怪兽估计起码得有 30 英里，这么远都能看到它喷出的巨大水柱，那这只怪兽肯定是巨大无比的了。这时候最为简单谨慎的做法就是溜之大吉。可是我们不是为了谨慎才到这儿来的。

于是，我们便乘着木筏继续向前驶去。木筏越往前驶，水柱就越大。是什么怪兽，竟然能吸入这么大量的水，然后再不断地喷出来？

晚上 8 点，我们离怪兽不到 5 英里了。那怪兽身体巨大，黝黑，起伏不平，如同一座小岛，在海面上伸展着。是幻觉还是恐惧使然？我觉得它竟长达 1 英里多！这么大的鲸鱼连居维叶和布鲁门巴哈（布鲁门巴哈，1752—1840，德国著名的解剖学家、生理学家和人类学家）这么著名的科学家都未曾见过。它到底是什么样的怪兽呀？此刻，它一动不动地漂浮在那儿，好像睡着了似的。连大海似乎都不能将它掀起，波浪只是在它身边涌起跌落罢了。水柱被喷到高达 500 英尺的天空，然后便像雨点般地四下洒落，还发出巨大的响声，震耳欲聋。我们如同疯子一样，竟然向这个巨大的怪兽疾驶而去？即便是 100 条鲸鱼也不够这头怪兽吃一天的。

我真的怕得不得了，不愿再往前去！如果必要的话，我甚至可以割断船帆的绳索！教授不答应我，我就要反抗他。

正在这时候，汉斯突然站起身来，用手指着那威胁着我们的“怪兽”说道：

“小岛！”

“原来是一座岛。”叔叔大声说道。

“一座岛！”我也耸了耸肩说道。

“就是一座岛。”叔叔大笑着回答道。

“那水柱是怎么回事呢？”

“喷泉。”汉斯说道。

“对，没错，就是喷泉，”叔叔接茬儿说道，“就像冰岛的喷泉一样（位于赫克拉火山脚下，是冰岛著名的喷泉）。”

起先，我并不相信自己会出这种笑话，竟然将一座小岛当成一只怪兽。可是事实就摆在那儿，我不得不承认看错了。我眼前的那个东西真的是一座天然小岛。

随着我们的驶近，水柱变得异常宏大。那小岛宛若一条巨鲸，脑袋伸出海面有 70 来英尺。“喷泉”一词在冰岛语里也可以解释为“愤怒”，这股喷泉气势恢弘，巍然升腾在小岛的一端，轰鸣声不绝于耳。它那巨大的水柱，冲天而起，四周飘散着羽状水汽，直射天空低层的云彩。喷泉孤零零的，周围既没有火山气体，也没有沸泉。在电光的照耀下，水柱的每一滴水珠都折射出七彩光芒来。

“靠岸。”叔叔命令道。

不过我们必须避开这倾泻而下的水，否则木筏就会在顷刻之间被击沉。汉斯稳稳地把着舵，木筏安全地驶到小岛顶端。

我跳上岩石，叔叔也紧跟着跳下木筏；汉斯仍坚守在他的舵手的岗位上，好像他永远不会为好奇心所动一样。

我同叔叔走在夹杂着硅质凝灰岩的花岗岩上；脚下的大地颤抖着，如同炽热的蒸汽在锅炉里翻腾，热得烫人。我们发现中央部分有一小盆地，喷泉就是从那儿喷射出来的。我把温度计插入沸腾的泉水中，一看，竟然是 163 摄氏度！

这说明这泉水是从温度极高的地方喷出来的，这可是与李登布洛克教授的理论背道而驰了！我忍不住向他指出了这一点。

“是吗？这又能说明什么问题呀？我的理论错在哪里？”叔叔反驳道。

“没什么。”见他如此固执己见，我懒得再与他争论，便没好气地回了一句。

不过，我不得不承认：迄今为止，我们非常顺利，而且不知什么缘故，我们的旅行一直是在特殊的温度环境下完成的。不过，我相信，总有一天，在我们所到达的地区，地热会达到极限，并且超过所有温度计的刻度范围。

等着瞧吧。这是叔叔经常挂在嘴边的话。他用我的名字为这座火山小岛命名之后，便示意我上船。

我又多看了那喷泉一会儿，发现它的喷射很不规则，时强时弱，时高时低，我猜想那是积聚于地下的水蒸气的压力所造成的。

我们绕过小岛南端的陡峭岩石，上了木筏又启程了。汉斯趁我和叔叔上岛之际，又把木筏整修了一下。

不过在离开小岛之前，我留心计算了一下我们走过的路程。我们从格劳本港行驶到这儿，在海上走了有 675 英里，已经到达英国的地底下，离冰岛已有 1550 英里了。

暴风雨来袭

8 月 21 日，星期五。第二天，壮观的喷泉已经消失。风力在加强，吹得木筏很快便离开了阿克赛尔岛。喷泉的隆隆声也听不见了。

天气——如果我能这样称呼它的话——不久就要发生变化。空气中充满着带电的水蒸气，它来自海水的蒸发，散发出一股咸咸的味道。云层低低地压在头顶上方，呈现出微微的橄榄绿色。一场风暴即将来临，厚实云幕降落在舞台上，电光勉强才能穿透它

我和地球上所有灾难临头的生命一样，被震慑住了。南方的积云（圆形的云。——作者原注）显示出一种不祥的征兆，显得非常冷酷；眼前的这种景象我经常在暴风雨来临之前看到，让人颤栗。空气闷热，但海面仍很平静。

远处的乌云犹如堆积着的大包棉花，既杂乱、又好看；它们渐渐膨胀开来，数量逐渐减少，而体积却越来越大；这些乌云是如此沉重，似乎要与地平线挤压在一起。最后，在高空气流的吹送下，这一包包的大棉花包在渐渐聚拢，连成了吓人的一大片，阴沉沉地压了下来。

空气中显然是充满了水汽。我浑身湿透了，头发竖直，仿佛立于一台电架旁边。我觉得这时候，如果我的同伴此刻稍稍触碰到我，那他肯定会受到强烈的电击的。

大约上午 10 点左右，风暴来临的征兆更加明显了。风势好像在逐渐减弱，但那是在为卷土重来做准备。乌云好像是一只巨大的口袋，里面装着正在酝酿着的狂风暴雨。

我不想相信老天的威胁，可还是忍不住说：

“看来天气要变坏了。”

叔叔没有吭声。眼见这大海无边无际，他心里十分烦躁。他听到我这

么一说，只是耸了耸肩头。

“暴风雨就要来了，”我指着远方地平线说，“这些低垂的乌云似乎要把地平线压碎！”

海上一片静寂，风已经止息。自然界中的一切都不再呼吸，仿佛死了一般。降落了一半的船帆紧密地折叠着，挂在桅杆上。桅杆顶端已经隐隐映出了爱尔摩火暴风雨到来之前黑暗中所常见的电光。木筏已停在这凝重平静的海面上，不再前行。在这种情况下，还挂着风帆干什么？只要风暴一起，它立刻就可以使我们葬身海底。

“把帆落下来！把桅杆也放倒！这样比较谨慎一点。”我说道。

“不行，真见鬼！”叔叔叫嚷，“哼，绝对不行！让暴风雨袭来吧！让暴风雨击打我们吧！即使木筏被击得粉碎，我也要看见对岸的岩石！”

叔叔刚一说完，南边的地平线便突然发生了变化，乌云化作了大雨。空气在猛烈地流动着，赶来填补因水汽凝结而形成的真空，于是便刮起了巨风，这风来自洞穴的最深处。天更加黑了，我想简略记上一笔都不可能。

木筏被掀了起来，跳动着。叔叔从高处摔了下来，我赶忙爬到他的身边。他紧紧地攥住一把绳索，颇有兴致地欣赏着暴风雨。

汉斯纹丝不动，他的长发被风吹到脸上，遮盖住了他那毫无表情的面庞。头发上的每一根发梢都在闪着电光，看着十分怪异，就好像一个和鱼龙、大懒兽同时代的远古人。

桅杆仍旧挺立在那儿。船帆被狂风吹得鼓鼓的，恍若一只就要被胀破的大气泡。木筏在快速向前飞驰，速度快得无法估算。但是，木筏再快，也没有雨点的速度快。这些雨滴快得看上去就像是一条条清晰的直线。

“帆！帆！”我指着船帆嚷叫道，示意将帆落下来。

“不！不！”叔叔回答道。

“不。”汉斯微微摇了摇头也这么说。

木筏疯狂地向地平线冲去，可是，前面的大雨形成一道瀑布挡住了我们的去路。雨还没有落到我们身上，云幕就被撕了开来，大海翻滚起来，高空云层的化学反应所产生的电也大发其威。电光闪闪，雷声滚滚。水汽变得异常炽热。冰雹落在我们的金属工具和武器上，击出点点火星。澎湃的海浪如同一座座孕育着大火的山峰，都在喷射着火焰，像是戴上了火红的头套。

强光刺眼，雷声震耳，我只好紧紧地抱住桅杆，猛烈的风暴竟然把桅杆刮得像芦苇一样弯下了腰！

（到这里，我的旅行日记就极不完整了。我从中只发现了一些粗浅简略的记录，是我随手机械地记下来的。不过，尽管它们很简短、甚至很晦涩，但它们反映了我当时的紧张心情，它比我的回忆更加准确地描述了我当时的感觉。）

8 月 23 日，星期日。我们在哪里？我们被风暴卷着前进，速度快得无法想象。

过去的一夜可怕至极。暴风雨持续不断。雷声滚滚，我们的耳朵在流血，连相互说一句话都不可能。

闪电也在继续，我看见闪电的光亮呈蛇形迅速扫下来，继而又由下往上地掠过花岗岩穹顶。我真担心，万一它坍塌下来怎么办？有时候，那闪电彼此或交叉着，或似火球一般，并发出爆炸声响。这些声音似乎已经不再增大，它们已经超出了人的耳朵所能承受的极限，即使地球上所有的火药库同时爆炸，我们也不会觉得声音更响。

电光继续在乌云表面闪耀；电分子不断地在释放着电能；空气的气体性质显然已在改变；无数水柱冲向高空，落下来后，激起一片片的浪花。

我们在往什么地方去啊？……叔叔仰卧在木筏的前头。

气温越来越高。我看了一眼温度计，水银柱指着……（数字已经变得模糊不清。）

8 月 24 日，星期一，暴风雨还没有停息！气压为什么这么低？空气密度一旦上升为什么就降不下来了？

我们筋疲力尽，可汉斯还是镇定自若。木筏依然在向着东南方疾驶而去。自驶离阿克赛尔岛以来，木筏已经行驶了有 500 多英里了。

到了中午，暴风雨更加猛烈了。我们不得不把把所有的东西全都紧紧地绑在木筏上，包括我们自己在内。海浪从我们头顶呼啸而过。

3 天来我们彼此连一句话都未能交谈过。我们张开嘴巴，掀动嘴唇，可是发出的声音无人能听得见，即使凑着耳朵说话也听不清。

叔叔向我挪近，勉强地说了一句，我听着像是在说：“我们完了。”

但是，我却不能肯定。

我下决心给他写道："把帆降下来。"

他的头点下去，以示同意。

可是他还来不及抬头，一个火球落在了木筏近旁。桅杆和船帆一下子就被卷走了。我看着它们向高空飞去，如同古代传说中的大鸟翼趾龙似的。

我们害怕得浑身冰凉。那半蓝半白的火球如同一颗直径 10 英寸的大炸弹似的，在缓慢地移动着，在风暴的抽打下疾速旋转。它在向我们旋转过来，它转到木筏的骨架上，然后又跳上了食物袋，继而又轻轻地飘落下来，复又掠过火药箱。多么恐怖！我们都要被炸上天了！还好，这耀眼的火球离火药箱而去，转到汉斯的方向，汉斯眼睛直勾勾地盯着它。这时，它又转向叔叔那边，叔叔赶忙躲闪。最后，它朝我飞来，强光和高温使我面色苍白，全身颤抖。它在我的脚下徘徊，我想把脚收拢，但却无法如愿。

空气中满含着氮气的味道，人把它吸进喉咙和肺就感到窒息。

我怎么收不回脚？它被钉在木筏上了！啊！原来这个带电的火球把木筏上所有的金属器具全都磁化了。仪器和武器在颤动，在碰击，发出尖厉的响声。我鞋底上的鞋钉与一块嵌于木头上的铁板死死地吸在了一起，难怪我无法收回我的脚！

火球旋转着要吞噬我的脚，并且要把我卷走，在这一刹那，我终于用力将脚收了回来，可怕极了……

啊！突然一股强光出现：火球爆炸了！火星溅了我们一身。

接着一切都暗淡了下来。我看见叔叔仰躺在木筏上。汉斯仍然在掌着舵把儿；他全身带电，所以一直在"喷火"。

8 月 25 日，星期二。我昏迷了很久，醒来时，风暴仍在继续着，未见停息。闪电如同一窝被放到天上的蛇一样，在游动着。

我们还是在海上吗？没错，我们以一种无法估算的速度在继续飞驰着。我们已经驶过了英国，越过了英吉利海峡，穿过了法兰西，也许已经驶过了整个欧洲！

突然，又有一个新的声音传来！这显然是海水拍击岩石的声响……这时候……

我们回到原地

我的所谓的“航行日记”写到这里也就结束了。所幸的是它被从失事的木筏里抢救了出来。现在，我继续前面的叙述。

木筏撞上岩石后，后果怎样，我并不清楚，只觉得自己掉落水中。之所以能幸免一死，身体也没有被尖利的岩石刺碎，全亏汉斯有力的臂膀将我从深渊拉回。

勇敢的汉斯把我带到海水冲不到的沙滩上，沙子滚烫的，我和叔叔并排躺在上面。

然后，他便向着被狂涛冲击的岩石走去，想救出失事木筏上的一些漂流物。我既惊魂未定，又疲惫不堪，连话也说不出来。看来，我一时半会儿还缓不过劲儿来。

暴雨继续下着，甚至比先前的雨点又大又密，但这却预示着这大雨即将结束。我们在几个大块的重叠的岩石下避着狂风暴雨。汉斯为我们准备了点食物，可我连碰都不想去碰。我们已经三天三夜未曾合眼，早已困得不行，所以都痛苦地睡着了。

第二天，天气格外晴朗。大海好像与天空有约，也平静了下来。暴风雨的痕迹已完全消失。当我醒来的时候，叔叔语气欢快地向我问好。他的心情好极了。

“我说，孩子，”他叫道，“你睡得好吗？”

我仿佛觉得自己是在科尼斯街的家中，正平静地准备下楼吃早饭，而这一天，又是我和我可爱的格劳本举行婚礼的日子。

可惜！只要风暴把木筏再往东面吹一点，那样我们就被吹送到德国，来到我亲爱的汉堡城的底下了，来到有着世界上我所爱的一切的小街下面。这么一来，我与家乡只相隔不到 100 英里了！不过，那可是这是 100

英里垂直的花岗岩层，要想绕回家乡，必须走上2500英里呐！

在回答叔叔的关切问候之前，我脑海中飞快地闪过这些痛苦的念头。

“啊，你不想告诉我睡得好不好啊？”叔叔接着说。

“睡得挺好的，叔叔，”我连忙回答道，“只是稍许有点累，不过没关系。”

“完全没有关系，只是有点累而已。”

“您今天好像非常愉快，是吧，叔叔？”

“非常愉快，孩子！非常愉快！我们已经到了！”

“到达旅程的终点了？”

“不，是到了这片看似无边无际的大海的尽头了。现在，我们已踏上陆地，名符其实向地心进发。”

“叔叔，能允许我向您提个问题吗？”

“你说吧，阿克赛尔。”

“那我们以后怎么回去呀？”

“回去？啊！我们还没到达目的地，你怎么就想到回去呀？”

“不，我只是问一下我们怎么回去。”

“用世界上最简单的办法。等到达地心之后，我们或者是另觅一条新道回去，或者就干脆老老实实地原路返回。我想，那条路不至于在我们身后关上吧。”

“那我们就得把木筏修好。”

“那当然。”

“可是我们有足够的食品干这一切吗？”

“有，当然有。汉斯是一个能干的孩子，我敢肯定，他已经把大部分食物给抢救出来了。咱们去看看吧。”

我们走出这个四面透风的洞穴。我既满怀着希望，又充满了恐惧，担心在木筏撞岸时，上面的东西已全部掉进海里，不见了踪影。可是我错了，我的这种担心看来是多余的了。走到岸边时，我看见汉斯正站在一大堆摆放得井井有条的物品中间。叔叔无比感激地与他握了握手。世界上再也找不出第二个像他这样忠诚无比的人了，在我们睡觉的时候，他一直在冒着极大的危险抢救最宝贵的物品。

我们并非没有遭受重大损失，比如我们的武器；不过我们也用不着它们。火药箱虽然差点在风暴袭来、火球滚近时爆炸，但却有惊无险，完好地保存了下来。

“好吧，”叔叔说道，“没有了武器，我们最多也就是不打猎罢了。”

“那倒也是。不过，可仪器怎么样了？”

“这是流体气压计，它最重要了，我宁可没有其他所有的仪器，也不愿失去它！有了它，我可以测算深度，就能知道什么时候可以到达地心。否则我们可能走过了头，从地球的另一端走出去！”

他的愉快看上去很残忍。

“罗盘呢？”

“在这儿，在岩石上，完好无损。计时器和温度计也没有一点损坏。啊！向导真是个难得的人！”

这一点必须承认；仪器这方面什么都不缺少。工具方面，我看到梯子、绳索、铁镐等物都在沙滩上散乱地摆放着。

不过，食品问题还需要确定一下。

“食物的情况怎样？”我问道。

“那就看看食品。”叔叔回答道。

存放食物的箱子整齐地排放在沙滩上，完好无损。大部分食物未遭海水浸泡，总之，箱内的饼干、腌肉、刺柏子酒、鱼干，足够我们吃上 4 个月的了。

“4 个月呀！”叔叔大声说道，“足够我们走个来回的了。探险之旅结束，返回祖国，我要用余下的食物为我在约翰大学的同事们举行一个盛大的宴会！”

我尽管已经习惯了叔叔的脾气，可他总是会说出一些让我惊奇的话来。

“现在，我们得所有把花岗岩石洼里的雨水都积攒起来，作为我们的淡水储备，这样就不必担心没水喝的问题了。至于木筏嘛，我将让汉斯抓紧时间将它修好，尽管我想我们不会再用它了！”

“为什么用不上？”我惊奇地问。

“我只是这样猜想罢了，孩子。我认为我们不会再从原路返回的。”

我怀疑地看着叔叔，暗想他是否疯了？可是，从他说话的神态看，他不像是精神失常。

“吃早饭去吧。”叔叔又说。

他嘱咐了汉斯几句之后，便领着我来到一处很高的海角上。早餐非常丰盛，有干肉、饼干和茶，我承认这是我一生中所吃过的最美的早餐之一。饥饿、新鲜空气、动荡之后的平静，这一切都使我胃口大开。

吃饭时，我与叔叔聊起我们现在所处的位置来。

“我觉得很难算出我们的位置。”我说道。

“是呀，准确地计算确实不容易，”叔叔回答道，“这甚至是不可能的，因为在暴风雨袭击的三天三夜的过程中，我无法记下木筏的行驶方向和速度。不过，我们可以大致估算一下我们的位置”

“是的，我们最后一次测算方位是在那座喷泉岛上。”

“在阿克赛尔岛上，孩子。你的名字被用来命名第一个在地球内部发现的岛屿，这是荣誉，你不要推辞。”

“好吧，我们到达阿克赛尔岛的时候，已经行驶了700英里光景，距离冰岛大约1500英里。”

“嗯，以此为准，把暴风雨算为刮了4天。在这4天中，我们每24小时所行驶的路程不会低于200英里。”

“我同意。那么，就得加上800英里。”

“对。李登布洛克海的两岸间的宽度约为1500英里。你知道，阿克赛尔，它可与地中海相提并论了。”

“是呀，如果我们只是横渡了这片海，那就更是这样了。”

“这完全可能。”

“奇怪的是，”我又说道，“如果我们的计算是正确的，那么地中海现在就应该是位于我们头顶上方了。”

“真的?”

“真的，因为我们现在与雷克雅未克的距离是2250英里。”

“这可是一段很长的距离啊，孩子。至于我们现在是在地中海下面，还是在土耳其或是大西洋下面，只有在方向没有发生偏差的情况下，我们才能确定位置。”

“没有偏差，风一直朝着这个方向在吹。因此，我相信我们所在的这个海岸是在格劳本港的东南方。”

“嗯，这个不难确定，一看罗盘就知道了。”

叔叔说完便向汉斯摆放仪器的岩石走去。他很愉快，很轻松，揉搓着双手，还不时地摆出一个姿势！真是个孩子！我跟在叔叔身后，想知道我的估算是否正确。

叔叔走到岩石旁，拿起罗盘，将它放平，观察着指针。指针先是动了几下，然后因磁力作用而停下了。

叔叔看了一会儿后，搓搓手，随即又仔细地看了看，最后，他目瞪口呆地转过身来。

“怎么了?”我连忙问道。

他示意我自己去看那罗盘。我一看，不禁惊叫一声。罗盘指针指的北方，恰恰是我们所认为的南方！指针指着海岸，而不是大海的方向！

我拿起罗盘摇了摇，又仔细地检查了一番：罗盘并无毛病。不管我把指针拨到什么位置，指针最后总是回到原先的位置，指着那意想不到的方向。

如此说来，风向无疑在风暴期间发生过变化，只是未被我们发觉而已。叔叔原以为我们已经把出发时的海岸给远远地抛在了后面，可是大风却又把我们的木筏吹送了回来。

尾 声

这段探险故事就这么结束了。那些对任何事情都不以为然的人是不会相信它的，不过，我对人们的怀疑早就习以为常了。

斯德隆布利岛的渔民们像对待失事船民那样友善地招待了我们，给了我们衣服和食物。等待了48个小时之后，我们终于在8月31日坐上了一只平底小船到了墨西拿（墨西拿是意大利的一个城市，位于西西里岛东北角，与亚平宁半岛的南端隔海相望），在那儿歇息休整了几日，完全解除了疲劳。

9月4日，星期五，我们登上了法国皇家邮船沃尔图纳号，3天后，在马赛港踏上法兰西国土。这时，我们的脑海中只想着一个问题：那该死的罗盘到底是怎么回事呀？这个难以解释的现象令我感到非常烦恼！9月9日晚，我们回到了汉堡。

这里我不想描写玛尔塔有多么惊讶，格劳本有多么喜悦。

“你现在成了大英雄了，”我亲爱的未婚妻格劳本对我说道，“就不用再离开我了，阿克赛尔！”

我爱怜地看着她，她一脸的悲喜交加。

大家可以猜一猜李登布洛克教授的归来是否轰动了整个汉堡。由于玛尔塔心直口快，李登布洛克教授深入地心探险、安然无恙地归来的消息不胫而走，传遍了全世界。可是，人们并不相信真有其事，看到他回来后，就更不相信了。

可是汉斯的出现，加之从冰岛传来的各种消息，逐渐地改变了人们的看法。

这么一来，叔叔简直成了伟人了，而我则成了伟大人物的侄子，这已经相当不错了。汉堡市为我们举行了盛大的庆祝大会。约翰大学也组织了一个报告会。叔叔介绍了我们此次探险之旅的详情，只是略去了有关罗盘的细节。同一天，叔叔便将萨克努塞姆的那封密码信存入汉堡市档案馆，并且强调指出，尽管他意志坚定，但迫于无法抗拒的客观因素，他无法踏着这位冰岛探险家的足迹一直到地心，对此，他深感遗憾。面对着偌大的荣誉，叔叔表现得极其谦虚，这反而使他声名大振。

至于我，我也不同意他的地心冷却理论：尽管我亲身经历了地心探险，亲眼目睹了一切，但我仍然相信地心存在着热量。不过，我也承认，在自然现象的作用下，一些未知因素是可能改变这一规律。

这期间，有一件事让叔叔打心眼里觉得非常遗憾：尽管他万般挽留，汉斯还是离开了汉堡；我们欠了他那么多，可他却不给我们回报他的机会。他也是实在太想他的冰岛了！

“再见了。”有一天，他对我们说了这样一句简单的告别语，就离开了我们，回雷克雅未克去了。他回到家乡之后过得很快乐。

我们非常想念这位绒鸭猎手。在紧急关头，他曾救过我们的命，我们终生难忘。我想在我生命完结之前，肯定还要见他一面的。

最后，我还要补充一点：这本《地心游记》轰动了全世界。该书被翻译成多种文字，并印刷出版。其中的主要章节被各国最享有读者缘的报章杂志买去版权，登载出来，以至许多的人，无论相信和不相信的人们以同样坚定的信念讨论它、评论它、抨击它、支持它。其关注程度实属罕见。叔叔在他的有生之年享受着他所获得的所有的荣誉，甚至巴尔努先生也建议以很高的酬劳将他送到美国去“展览”。

可是面对这么多荣誉，有一件事让叔叔很是苦恼，甚至可以说很痛苦。那就是罗盘指针为什么总指向北这个百思不得其解的问题。对于一位像叔叔这样的科学家来说，无法解释的现象简直就是对心灵的一种折磨。

幸好，天从人愿，老天爷总算决定给予叔叔完全的快乐。

有一天，我在他的书房里整理一大堆矿物标本时，看到了这只著名的罗盘。于是，我便动手去仔细地检查它、观察它。

它被放在这个角落已经有半年了，一点都没有意识到自己给别人带来了多大的麻烦。

突然间，我惊讶地失声大叫起来。叔叔听见我的尖叫，立刻跑了过来。

“怎么了?”叔叔慌急慌忙地问道。

“罗盘……”

“罗盘怎么了?”

“罗盘指向南方，而不是北方。”

“你说什么?”

“您看呀，它的南北极正好颠倒了!”

“颠倒了!”

叔叔看着，比较着，然后，突然跳了起来，房子都给震动了一下。

我和叔叔都感到茅塞顿开!

“原来是这么回事啊，”当他能重新开口说话的时候，就叫道，“在我们到了萨克努塞姆海角以后，这只该死的罗盘就把北指成了南了!”

“显然是这样的。”

“这样，我们的错误就可以解释清楚了。可是，到底是什么原因让罗盘的两极发生颠倒了呢?”

“这个再简单不过了。”

“那你说说看，孩子。”

“我们在李登布洛克海上遭遇风暴的时候，不是有一个大火球滚落到木筏上来了吗?这个大火球把木筏上的铁器全部给磁化了，也改变了罗盘的指针方向!”

“啊!”叔叔突然哈哈大笑，大声说道，“这么说这是电的恶作剧?”

自那天开始，叔叔就变成了一位最快乐的科学家了，而我则成为最快乐的男人。因为可爱的格劳本不再是教授的养女，而是以侄媳和妻子的双重身份成了科尼街小屋的一员。

现在，这位李登布洛克教授已经是名扬四海，是世界各大洲所有科学、地理和矿物学会的通讯会员。